吾輩は借りてきた猫ジジイである

河田純
KAWADA Jun

文芸社

はしがき

ジジイが誇れることは、ジジイじゃない者よりも長く生きていることです。

「どんなもんだい」

借りてきた猫が誇れることは、借りてきた猫じゃない者と違って、人と借りてきた猫の両方を生きていることです。

「どんなもんだい」

借りてきた猫ジジイ、つまり、ジジイであり、借りてきた猫でもあるワタクシなどは、それはもう、世の中に並ぶ者の無い最高の生き物なのであります。

「どんなもんだい」

『そりゃオマエ、最高のではなく、最低のの間違いだろう』

「アチャー、そういう見方もあるのかもしれない」

【主な登場人物】

ジジイ（ワタシ・ワタクシ・オレ）

ジジイの中に住む相棒

神様（良心）

おカーさん（妻）

ムスメ

三太郎（子ども代表）

目　次「吾輩は借りてきた猫ジジイである」

2022年

2021年

1月2日（土）ガングロ

テクテク、スタスタ歩いていたら、不意にガングロが出てきました。もちろん頭の中にです。

「おい、タヌキじゃねーか」

「ガングロだよ、オマエ知らねーのか」

「新しい生き物かい。でもよく見るとかわいいねー」

その昔、『今まで生きてきた中で一番幸せです』と言った水泳選手がいましたが、ワタシにとっては、そこまで生きてきた中で一番可笑《おか》しかったのがガングロだったような気がします。

（とにかくあれには驚いたのなんの）

その後もよく電車の中でガングロ集団を見ました。

あのかわいいガングロ達、今、どこで、何をしているのでしょう。

（そういえば、腰《こし》パンというのも一時流行《はや》ったなー。おい、どうしたんだ、お尻が半分見えてるぜ、えっ、見せているんだぞって……。敢えてきれいなお顔を汚《よご》すガングロ、見せてはいけないことになっているお尻を見せる腰パン……。なるほどなー、これはきっと自然の流れなんだろうな。一度極端な方向に針が振れる、そして元に戻る……そういうことか）

『一富士、二鷹、三ガングロ』

1月3日（日）幸せってなに

スタスタ歩いていたら頭に三太郎が出てきました。

「おい三太郎、『幸せ』を買ってきてやったぞ、高かったんだぞ、喜べ、もっと喜べよ、明日も買ってきてやるからな。今日よりもっと高い『幸せ』だぞ。オマエは幸せだよな、毎日毎日買ってもらえるんだから」

「おとうちゃん、幸せってなに？」

「えっ、デパートで売っている高いものだよ」

「高いものを幸せっていうの？」

「そりゃそうだろう」

「そんなものいらない」

「バカ言ってんじゃないよ。高いものを買ってもらえる子を幸せな子って言うんだろ」

「ぼく、ちっとも幸せじゃないんだけど」

「おかしいなー。ではオマエは何をしてほしいんだ。おとうさんは怒らないから正直に言ってごらん」

「ぜったいにおこらない？」

「おこらないさ」

「あのね、おとうちゃんにね、かしこくなってほしいの」

「アチャー」

スタスタスタスタ、もうすぐ家です。

1月6日（水）バランス

あれも駄目、これも駄目、でもい、○○だけは………。

あれも下手くそ、これも下手くそ、だけどい、○○については………。

みんな、でもい・だけどで、心のバランスをとって生きているのでしょうね。

数十年前に聞いた桂枝雀の落語の一部を思い出しました。謡《うたい》の師匠が素人を誉める場面です。

「あんさん声がええ」

「あんさん節回しがええ」

声も節回しも誉められない人に、

「あんさん、長いこと座っていても、しびれの切れんところがええ」

(さて、ワタクシは何でバランスをとっているのでしょう………。しびれもすぐ切れるし………ああ困った)

1月8日（金）ミルクのみジジイ

「あーのんだのんだ」

「かわいいねー」

「おめめをパチリッとちたよ」

「あっ、ほら、おちっこちたよ」

「おもちろいねー」

昔々、ミルクのみ人形というのがありました。

ミルクのみジジイという人形はありませんでした。

「あー、ジジイのくせにのむんだ」

「しわくちゃでかわいくないねー」

「目玉をギョロつかせて」

「あっションベンたれやがった」

「きたねえなー」

こんな人形は誰も買いません。タダでやると言っても誰ももらいません。寂しい限りです。

あーあ、飲んで出して、食って出して。だったら飲みも食いもしなければいいと思うのですが、そうはいきません。ジジイも人並みに喉は渇くし腹は減るのです。（ああ困った）

2月9日（火）モリ アンド モリ

今日も朝からテレビは「森さんの女性蔑視発言問題」を報じています。一時は「モリ アンド カケ」というのも世間を騒がせましたが、今は「モリ アンド モリ」、「モリ そして モリ」です。

これはまるで、正義が悪をやっつける勧善懲悪の時代劇のようです。例にもれず途中で悪に味方する憎らしい奴（手下・太鼓持）の登場で、正義危うしと思わせる場面もあるのでしょうが、最後には「バンザイ、バンザイ」で終わる、概ね、そんな流れになるのではないでしょうか。今現在は劇の途中ですが、単純明快な分かり易そうな内容なので、この先はみなさんの予想通りになるはずです。

「乞う、御期待」

2月12日（金）ぼくのきらいなひと

ぼくのきらいなひとは、さくらのあべさんと、よこづなのはくほうさんと、きょじんのかんとくのはらさんです。

ぼくは5さいです。（ほんとうは71さい）

『ばかなことをいってんじゃないよ、しつれいじゃないか』のこえがきこえてきますが、5さいのこどものいうことだとおもってこらえてください。

どうしてきらいなのか、それは3にんにおなじにおいをかんじるからです。そのにおいがきらいなのです。においといってもおならのにおいではありません。おならは3にんのだけでなくみんなきらいです。

『おまえのは、って?』、きらいかな、いや、すこしすきかもしれません。

きっと世の中にはワタシとは逆で、その3人の臭いが好きという人もいるのでしょうね。面白いですね、好ききらいというのは。もちろん人は臭いだけでできているものではありません、当然です。しかし一番の決め手は、その人が醸し出している臭い（雰囲気）のような気がします。

（えっ、それはどんな臭いかって……）

人の臭いにはワタシからみて、『あちら側の人の臭い』と『こちら側の人の臭い』があるのです。借りてきた猫がきらいな臭いは、『あちら側の人の臭い』なのです。その象徴が３人の臭いなのです。

（えっ、分からないぞって……）

ええ、そうでしょう、借りてきた猫は分かりにくい生き物ですから。

３月９日（火）クビキリギスを引き出しに

早朝、新聞を手に家に入ろうとした目が、壁に張り付く美しい緑色の生き物を捉えました。クビキリギスです。

「どうしたんだ、冷たい壁に。寒いだろう、なに、弱そうに見えてもオレは寒さに強いんだぞ、この姿のままで冬を越すんだぞって……、でも、実際寒いじゃないか、ハダカなんだし」

しがみついている足を一つずつ壁から外し、部屋に持って入りました。

「昼になったら外に戻してやるからな、ここで温まってろ」

机の引き出しに入れてやりました。ワタシの秘密のクビキリギス君です。それから何度も引き出しの中をのぞき、生きていることを確かめました。

（ワタシはまるで子どもだな）

一人、ニヤニヤしたのでありました。


「オーイ、ジューン、ごはんだぞー」

大声でおやじが、外のワタシを呼びました。

夕方、チョウやバッタ、それにトンボなどがいっぱい入った虫かごを提げた少年ジュンは、意気揚々と凱旋したのであります。

（こんなにいっぱいつかまえたんだぞ！）


ジジイになったワタシ、少しは優しくなったのでしょうか。しかし、本当はクビキリギス君にとって、机の引き出しは迷惑だったのでしょうね。『ジジイ、余計なことをするな』と言っていたような気がします。

3月10日（水）ラーメンを引き出しに

昨日、クビキリギス君を机の引き出しに入れた時、昔のあることを思い出しました。

食べかけのラーメンを机の引き出しに入れたのです。初めてインスタントラーメンを食べた時だから、いつになるのでしょう。ワタクシが育った北海道にも上陸したのです、そのインスタントラーメンというやつが。おそらく中学生ぐらいだったのでしょう。どうしてそれを一人で食べることになったのかは覚えていないのですが、その時、ワタクシ一人だけが家にいたことは確かです。

ドンブリに入れ、お湯をかけるだけ、あとは3分待つというやつです。

「うまい、なんだこのうまさは！」

そこからがまさに借りてきた猫だったのです。ドンブリごと机の引き出しに隠したのです。うますぎて反射的に隠したのか、家の誰かが帰ってきたからなのか、そこのところは全く覚えていません。とにかく隠したのです。その後のことも覚えていません。

3月17日（水）衆議院参考人質疑

ポカポカ陽気の中、散歩に出ました。

青空、一面の緑、その中にタンポポの黄色、そしてその上をモンシロチョウがヒラヒラと舞っています。

（やー、いい気分だなー）

ウキウキ気分の散歩です。

（それにしても昨日の国会は何だったんだ）

頭のチャンネルは急に衆議院の参考人質疑の場面に切り替わりました。

（いやー、あれにはまいったなー、あれはひどい、というよりすごい）

「〇〇さんと面談したことがありますか」

「記憶にございません」

「〇〇の報告を受けたことがありますか」

「そのような報告を受けた事実の記憶は全くございません」

ずっと昔の頭の大きい、はげた男の答弁を思い出しました。『記憶にございません、知りません』

(あれはすごかったよなー、大物感があった。歴史は繰り返すというやつか)

さて、T大臣、これまたご立派です。T大臣は朝、(よし、今日の答弁はこれ一本でいく、『国民の疑念を招くような会食に応じたことはない』、オレはこれに徹する)で、家を出たのです。

「〇〇さんと会食されたことがありますか」

「国民の疑念を招くような会食に応じたことはありません」

「それでは、疑念を招くような会食ではない会食はありますね」

「国民の疑念を招くような会食に応じたことはありません」

(まいった、すごい。これは怒りを通り越して感心の部類だ………。ところで、T大臣は昨夜、安らかに眠れたのだろうか)

「オイ」

「あっ、あなたはエンマダイオウサマ」

「オマエはうそをついたことはないか」

「国民の疑念を招くようなうそをついたことはございません」

「舌を出せ、舌を」

「あー、オタスケー」

朝、T大臣の目にはいっぱい涙がたまっていたのでありました。

スタスタ、スタスタ、もうすぐ家です。

3月19日（金）参議院予算委員会

国会というところは……いやはや、呆れたことが起きる所でございます。一昨日の話に後編があったのですから驚きです。茶化したくなる後編が。（えっ、茶化したくなるのは阿呆なオマエだけだって、そうかなー、10人の内7～8人は？）

『国民の疑念を招くような会食に応じたことはありません』を貫き通したT大臣、『記録にございません』の答弁に徹したお役人のS氏に、なんとオナラでサインを送っていたというのです。

（マーアカン、どういうこっちゃ？）

今日の参議院予算委員会で、L委員が質問しました。

「S氏があなたの前を通る時、大臣はオナラをしましたね。ちゃんと収録されていましたよ」

「ワタシも収録を確認しました。ワタシがしたオナラです」

「オナラでS氏にサインを送っていたんですね」

「確かにワタシのオナラですが、サインだなんて、それはLセンセー、考え過ぎです。国民の疑念を招くようなオナラでは断じてありません」

「ではなぜS氏が答弁のためにあなたの前を通るたびにオナラをなさったのですか？」

「それはその……条件反射といいますか、S氏が前を通るとつい出ちゃうんです。それが誤解を与えたのであれば申し訳なく思います」

「ソウリ、ソウリはサインだと思われませんでしたか？」

するとなぜか厚生労働大臣が手を挙げたのです。

「ソウリ、ソウリでしょう。ソウリに聞いているんですよ」

厚生労働大臣がマイクの前、

「オナラはワタシの分野ですのでお答えします。今となっては、臭いも微粒子も何も証拠になるようなものは残っておりませんので、分析は不可能と考えます」

「ソウリ、ソウリはどうお考えですか？」

総理は渋々立ち上がり、下を向いたまま、

「そこは総務省の方で、T大臣のもと、総合的・俯瞰的に調べられたらいいんじゃないでしょうか」

（アチャー）

テレビの前の阿呆チンは、ひっくり返って後頭部を床にぶつけたのでありました。

3月20日（土）行列

名古屋駅構内のお菓子売り場の前に並ぶ人、人、人、（3人ではありません）ざっと50人はいるでしょうか。

『おいおカーさん、スゴイナこの行列』と、ワタクシ。

『新製品らしいよ』とおカーさん。

田舎から出てきた我々老夫婦が呆れ顔で話します。『へー、オレも並んでみようかな』とは絶対に言いません。千円くれても並びません。一万円なら並びます。

「普通のお菓子なんだろう、いくらうまくてもしれてるよなー」

「おいしいんじゃないの？」

「バカだなーみんな」

開店前、行列を作っている客達を、シャッターのすき間からのぞいているその店の店員さん達、

「すごいよ、もう行列ができてるよ」

「みんな暇ねー」

「新製品というだけで、お菓子はお菓子なのにねー」

「バカみたい」

そんなところではないでしょうか。


「おい、ヌードの撮影会だってよ」

「ホントかよ？」

「タダだってよ」

「そりゃーオレ達も行かなくちゃいけないな」

開場前、やはり50人は並んだでしょうか。みんなカメラを持って嬉しそうです。

そして開場、ニヤニヤして会場に入っていきました。

「オイオイ何だよー、ヌードって猿じゃねーかよー」

「バカにするな」

「金返せ……あっそうか、タダだったな」

みんなユーターンをして帰っていきました。

……あーあ、情けない。

お菓子の行列も同じようなものではないでしょうか……。

（全然違うって？）、ゴメンナサイネ。


3月25日（木）「北海道の冬はなー」


「センセー、またやって、北海道のうんこの話」

「前に話しただろう」

「いいからいいから」

「そうか、じゃやるか、仕方がない」

仕方がないと言いながら、ワタクシは嬉しいのです。ウケること間違いないのですから。失敗したことがないのですから。

『あのなー、北海道の冬はなー、そりゃー寒いんだ』

ワタクシの頭の中に、北海道（網走）の懐かしい冬の風景が広がります。汽車がモクモクと煙を吐いて走ります。右は流氷の海、左は白い山です。

『何でも凍る訳よ。雪の上におしっこをするとさー、黄色い穴が空いてなー、周りがかき氷みたいになるんだ。レモンのかき氷ってところだな、美しいのなんの……』

子どもらは嬉しそうです。ワタクシは調子にのって続けます。どこかで聞いた落語の枕まで動員します。

『とにかく寒いだろう。おはようという声が凍るんだぞ。声が相手に届く前に凍って下に落ちるんだ。地面はおはようのカタマリだらけだ。昼頃、それが解けるだろう。そうするとおはよう、おはようってうるさいのなんの。北海道の昼はこんにちはでなく、おはようなんだ。おしっこが凍ること知ってるか？』

知っている訳がありません。うそなんですから。

『ピューッと外でおしっこをするとさー、空中で凍るから大変だ。みんなはそれを金ヅチで叩き割るんだ、スゴイダロー。だからみんな金ヅチを持って歩いているんだな』

いくら小学生でも（卑下してゴメンナサイ）、こんな話を本気で聞いてはいません。しかし、真剣に聞いています。勉強より面白いからです。

『そして、うんこだ。昔はみんなボットン便所だろー。冬は寒くてうんこもすぐに凍るから落ちてから広がらないんだ。次から次へと高く積み上がるんだ。前の人の上に次の人のという具合にな。まるでうんこのトーテムポールだ。そして、もうこれ以上高くなると困るというあたりで、それを棒で叩いて倒すんだなー。ゴルフのパットみたいにね。だから北海道の人はみんなゴルフがうまいんだ……』

絶好調です。昔々、ワタクシは授業中に、実に阿呆な話をしていたのであります。

（父母のみなさん、ごめんなさい）

エーッ、何ですか？……ただでさえコロナで授業時間が不足しているんだから、馬鹿な話はしないでくださいですって？……。昔々の話ですから、おカーさん。

4月6日（火）「はい」

散歩をしていたら、入学式帰りの一団に出会いました。子どもも大人もニコニコ顔です。ピカピカの1年生は式の中で校長先生のお話を聞きました。

「みなさん、ご入学おめでとうございます」

『ありがとうございます』

みんな練習をしてきたのでしょうか。揃った大きなかわいい声が体育館内に響き渡りました。

「みなさんは今日から小学生ですね」

『はい』

はいの声がぴったり合っています。

「すばらしいお返事ですねー」

『はい』

みんな何でもかんでも「はい」と言えばいいと思っているようです。

「校長先生は嬉しくなってしまいましたよ」

『はい』

誉められた1年生は調子にのってしまいました。

「みなさんは」

『はい』

「もう」

『はい』

校長先生は（何じゃこりゃー？）と思い始めました。

「自分で」

『はい』

「服を」

『はい』

校長先生は、こういう場合はどうしたらいいのだろうと思いました。目が泳いでいます。

「着ることが」

『はい』

校長先生は、（このクソガキがー）と思いました。顔が少し引きつっています。

「できますね？」

『はい』

校長先生は、（まあアカン、アカンガヤー）と思いました。

「ちょっと『はい』が多過ぎますね。お話は静かに聞きましょうね。いいですか？」

『………』

返事がありません。校長先生は、まずいことを言ってしまったと思いました。

「分かりましたか？」

『………』

もうどうしようもありません。とり返しがつきません。

校長先生は壇上で泣きたくなってしまいました。

「あれー、返事がありませんねー」

『………』

校長先生は、教育の難しさをつくづく思い知らされたのでありました。

4月7日（水）入学写真【台本】

入学式の後の学級写真撮り、あれは大変でした。

コロナ騒ぎの今年はどうだったのでしょう。

「はい撮りますよ、マスクを外して、パチリッ」

こんな曲芸みたいなこと、あの生まれたばかりで人間になりきっていないやつら（ゴメンナサイネ）にできる訳がないですよね。

「目をつぶらないでねー」「横を向かないんだよー」「ピースはしないでねー」

写真屋さんの注文の一つ一つにごていねいに逆らうことが何よりも快感の、賢い、憎たらしい子がいます。先生は、

「いいかげんにしろー、ばかものー」とは言いません。

なんてったって先生なんですから。写真屋さんも怒りません。なんてったって写真屋さんなんですから。

台本「入学写真」◎写真屋さんは先生で。

ピアノ　♪♪いーつのーこと一だかーおもいだしてごーらん…………♪♪

ナレーター　1年生のこと、入学式の後で学級写真をとった。

写真屋さん　じゃー、いいですかー、とりますよー。

みんな　イエーイ。（大げさにピースをする）

ナレーター　写真屋さんは、心の中でムッとした。

でも写真屋さんは大人だから、ニコッと笑った。

写真屋さん　ニコッ。（ジェスチャー入りで、わざと大きく）いいですかー。

ピースはしないでねー。とりますよー、はーい。

三太郎　（ピースをして、大きく右を向く）
写真屋さん　（三太郎の所へ行って、前を向かせる）
ナレーター　写真屋さんは、またムムッとした。でも写真屋さんは大人だからニコッと笑った。
写真屋さん　（ニコッとして）いいですかー、横を向かないでねー。とりますよー、はーい。
三太郎　（大きく右を向く）
ナレーター　写真屋さんは、ムムムーッとした。
　でも、写真屋さんは大人だから、やっぱりニコッと笑った。
写真屋さん　（ニコッとして、腕を組んで考える）
ナレーター　その時、写真屋さんは、大人は辛いなーと思ったのだった。そして考えた。
写真屋さん　（三太郎の所へ行って、三太郎を左向きにする）
ナレーター　さすがに写真屋さんはプロである。
　憎たらしい子どものくせを考えて、左を向かせたのだ。
写真屋さん　はい、とりますよー。
　（三太郎は大きな動作で前を向く）
　パチッ。はい、とれました。
ナレーター　写真は、バッチリとれました。めでたしめでたし。

（幕）

4月10日（土）春をさがしに【台本】

「おい、今日は春をさがしに行くぞ」と先生が言いました。いやに張り切っています。ぼくは思いました。（今は4月でしょう、春はとっくに来ていますよ。春をさがすのは2月か3月じゃないのかなー。さがさなくても、今外は春ばっかりだよ、先生）って。でも先生はすごく嬉しそうだから、（まあ、いいか）。嬉しい顔をしてついていくことにしました。

台本「春をさがしに」◎先生役は先生で。

太陽　　ポカポカ……（太陽を持っている）
チョーチョ　　ヒラヒラ……（チョーチョを持っている）
ピアノ♪♪　　いーつのーことーだかーおもいだしてごーらん♪♪
ナレーター　　今日は生活科で、春をさがしに行くことになりました。
先生　　（張り切って）いいかー、今日は外へ春をさがしに行く。
ナレーター　　ぼく達は、先生のいきおいに負けて、言われるまま出発しました。
チョーチョ　　ヒラヒラ……。
先生　　（でかい声と大きな動作で）オー、チョーチョだがや、春だなー。（下を指して優しい作り声で）ほら、つくしだよ、春だなー。
ナレーター　　先生は一人で納得しています。そこまではよかったが、その内に先生は、絶好調になってきました。

太陽　（太陽を持って）ポカポカ、ポカポカ……。
先生　ほら見てごらん、太陽も春だがやー。
みんな　（大きく2〜3回うなずく）
先生　（一人の子の帽子を指し）黄色い帽子も春だがやー。
おじいさん　（ハゲのかつらをかぶって、杖をついて通っていく）
先生　おじいさんの頭にも春が来たんだなー。
みんな　（うなずく）
犬　（歩いていって、おしっこをするマネ）
先生　犬がしょんべんしとるがやー、もうすっかり春だがやー。
みんな　（うなずく）
ナレーター　ぼくは、どうして犬がおしっこをすると春なのか分からなかった。
犬もぼく達と一緒で、一年中おしっこをしているのに、と思った。
でもぼく達は、うなずかないと叱られそうなので、うなずいた。
先生　春だがやー（を繰り返しながら、一周舞台を回って退場）
みんな　（先生の後を、うなずきながら退場）
チョーチョ　（チョーチョを持って）ヒラヒラ、ヒラヒラ……。
太陽　（太陽を持って）ポカポカ、ポカポカ……。
ピアノ♪♪　いーつのーことーだかー♪♪

4月30日（金）人間だもの

「そうか、分かったぞ、プラトンが言っていることが解けたぞ。おっと、あー出そうだ。トイレだ、トイレだ」

偉大な哲学者は、とりあえずトイレに駆け込んだのでありました。

「うーん、さすがプラトンだ。なるほどなー、これでスッキリしたぞ」

『よかったですねー先生。ワタシもよくあるんです、そういうことが』

偉大な哲学者と阿呆なジジイは、手を取り合って喜んだのであります。

「そういうことだよなー、これが真理か。長年の謎が、今やっと解けたぞ」

『そうか偉大な先生も駆け込むことがあるんだなー、ワタシらと同じだ、そうだよなー人間だもの』

偉大な哲学者と阿呆なジジイ、喜びの中身が全く異っていたのでありました。

テクテクテクテク、テクテクテクテク。

（あー、もうすぐ家だな）

5月25日（火）水たまり

「なかなか釣れませんねー」

「いや、必ず釣ります。釣ると決めているのですから」

「一度も引かないじゃないですか」

「それはちょっと失礼じゃないでしょうか」

「コーツさんもベートーベンさんも釣れるっておっしゃっていましたが、魚はいそうにないですよね、ここには」

「それはあなた、失礼じゃないでしょうか。ベートーベンって、それはバッハの間違いじゃないでしょうか」

「まあそんなことはどうでもいいんですけどね」

「それもちょっと失礼じゃないでしょうか」

「そういえばハイドンさんの支持も得られたそうですね。絶対に釣れるから頑張りなさいって」

「あなたそれはちょっと無理があるんじゃないでしょうか、そこはハイドンじゃなくてバイデンだと思いますよ」

そこへ路上飲みをしてきた二人の若者がフラフラ通りかかりました。

「おい見てみろ、あのじいさんたちを。水たまりで釣りをしているぜ、情けない」

「オマエ教えてやれ」

「オーイ、そこのじいさんたちー、そこはただの水たまりだぞー、釣れる訳ないぞー、よっぱらっているのかー」

「それはちょっと失礼じゃないでしょうか。釣るのです。コロナに打ち勝った証《あかし》としてのオリンピック・パラリンピックなのですから」

「………」

5月27日（木）魚にも魚の都合が

午後3時頃　半睡の状態で本とにらめっこをしていたら、一階から「ピンポーン」とインターホンの音が聞こえてきました。

（うわー、出たくないなー誰だろう）

2階の我が小部屋の窓から見下ろすと、雨の中に、右の手に傘、左の手にパンフレットの束のような物を持った営業マン風の若い男の人が立っていました。

（ザーザー降りの中でかわいそうに。営業は大変だなー、どんな種類なのかは分からないが、ある意味で敵みたいなものなんだよなー。話を聞かなければいけないし、最後には断る訳だし。オレみたいな小心者は精神的にキツイんだよな。いきなりドンと断れないからなー、喧嘩している訳ではないのだから……。前からほしいと思っていた物を好条件でセールスに、ということはまず無いことだし。でもこの雨の中を、かわいそうだなー。もしかしたら、営業の仕事が辛くて、いつ辞めようか、いつ辞表を出そうかと悩んでいる若者かもしれないものなー。やっぱり出ていって話を聞こうかな。オッと、オレのはいているズボンはひどいなこれは。ダブダブ、ヨレヨレで、パジャマのお化けのようじゃないか。こんな格好じゃ出られないぞ。あの若者は一度きりで二度と会わないからいいとしても、そこをたまたま近所のおじさんかおばさんが通ったらどうなるんだ？　憐みの目で見られてしまうじゃないか。この雨だからまず通らないだろうが、万が一ということもあるからなー。ここの旦那さんかわいそうに、あんな汚い格好をしてなー、買ってもらえないんだろうな、なんて思うかもしれない。人は一度でも偶然見

てしまったがために、いつもあのようだという固定観念をもつことがあるもの）

急いでズボンをはき替えました。階段を駆け下り玄関へ。「はーい」（おまたせ）——誰もいませんでした。雨がザーザー降るばかりでした。

（営業マンは辛いよなー、魚がいるかいないか全く分からない川に釣糸を垂らしているようなものだものな、釣れたとしても、そのほとんどは外道だろー。そんな確率の低い仕事はオレには無理だな、甘く軟弱なオレには）

「若者よ御苦労さん、遅くなってごめんよ、魚にも魚の都合があるからさ」

5月31日（月）せきがえ【台本】

一学期も約半分が過ぎました。

「せんせー、もうそろそろ席がえしてもいいんじゃないですか」

「席をかえたらしっかり勉強するか？」

「する、する」

「席をかえたら、賢くなれるか？」

「なれる、なれる」

「よし、じゃやろう」

「やったー」

単調な学校生活ではみんな何らかの『変化』がほしいのです。あのオバマさんも『チェンジ』

と言ってましたものね。

台本「せきがえ」

——この劇中にうんちをする犬が出てきます。うんちをして気持ちよさそうにニヤッと笑います。これが難しいのです。

——三太郎役と犬の役は、それぞれを先生に演じてもらいます。

黒子　拍子木を打つ。(幕が上がる)
(授業風景・みんな座っている)

ナレーター　5月31日、月曜日、晴れ。今日は席がえをした。
(みんなイスを持ち、それぞれ移動する。三太郎、K子ちゃん、真ん中で並ぶ)

三太郎　(右手を突き上げ)ヤッター、うれしくなっちゃうがやー。
(「ヤッター、ヤッター」と言いながら机のまわりを回る)

ナレーター　ぼくはうれしかった。席がえで、大好きなK子ちゃんの隣になれたのです。
(三太郎、ピースをしている)

先生　じゃーいいですねー。明日からは、その席に座るんですよー。

みんな　ハーイ。

A君　きりーつ、きをつけー、さようなら。

みんな　さようなら

黒子　（草を出す）
犬　（出てきて、草の横に座り、ニヤニヤしている）
みんな　（ランドセルを背負い、それぞれ話しながら帰っていく）
三太郎・K子　（マイクの前に来る。K子、照れくさそうに横に立つ）
三太郎　ぼくは幸せだなー、K子ちゃんのとなりの席だもんなー。
……じゃ、K子ちゃんさようなら。
K子　さようなら。
三太郎　幸せだなー、幸せだなー。（言いながら草の横を通る）
オットー（いやな予感）
ナレーター　嬉しくて、うきうきして帰っていく途中、何かをふんづけたのです。
三太郎　（くつをぬいで、くつの裏を見、指で触り、鼻へ）
くっせー、犬のうんちかー。
（近くに犬がいる……目が合う）
犬　あかんべー、バーカ。
三太郎　（この野郎と手を上げる）
犬　（逃げて舞台のそでへ。また顔を出して）イーダ。
三太郎　まあいいか、今日はいいことがあったもんなー。
K子ちゃんのとなりになれたもんなー、幸せだなー。

黒子　（幸せだなーを繰り返し言いながら退場）
（拍子木を打ち……幕）

6月1日（火）つごうにより【台本】

あの頃、時々あったのです。給食の献立が変更になることが。デザートのアイスクリームが冷凍ミカンに替わったこともありました。

（アー、ナンタルことだ。大好きなアイスクリームが、大嫌いな冷凍ミカンに替わってしまうなんて。今週はアイスクリームだけを楽しみに学校へ来ていたのに。この世に神はいないのか。アーもうだめだ）

そんな大袈裟なやつもいました。ワタクシではありません。先生は偉いのです。そんな小さなことで心は乱れませんから。

台本「つごうにより」

――先生の役は先生に演じてもらいます。

黒子　（パネル「つごうにより」を掲げ上手から下手へ）
みんな　（授業風景）
先生　いいかなー、分かったかなー。
みんな　（手をあげて）はーい。

放送室から　ピンポンパンポーン。

給食の先生からのお知らせです。今日の給食につくことになっていたプリンは、都合により、ケーキにかわります。おいしいおいしいケーキにかわります。

ピンポンパンポーン。

先生　ヤッター、ケーキだがやー、ケーキだがやー。

みんな　（みんなも先生も右手のこぶしをつきあげながら、「ケーキ、ケーキ」と大声で叫びながら舞台を一周する。みんなは一周でやめるが、先生だけは、喜んで回わり続ける。ずっと続ける。みんなは呆れて先生を見ている）

ナレーター　なんと情けない先生なんだ。先生が一番喜ぶなんて。
でもぼくは単純で、素直に喜ぶ、すごく人間的な先生が大好きだ。

カラス　（小さい声で『カーカー』鳴きながら歩いてきて、中央で大きく『バカー』と鳴く。その後、また小さく『カーカー』と鳴いて退場していく）
（先生は幕が下がり終わるまで回っている）

6月3日（木）普通はない〈Ⅰ〉

「いやだいやだ、いくんだいくんだ。ねーおカーさんいいでしょう」

「だめに決まってるでしょう」

「いやだいやだ」

ダダッ子のよし君はお母さんにダダをこねています。

「バッハくんもコーツくんもパウンドくんもみんないくんだから、ねーいいでしょう」

「あの子達は自転車だよ、あなたは三輪車じゃないの。ついていける訳がないじゃないの」

「いやだいやだ、いくんだ」

よし君は言い出したら絶対に引きません。

そこへ感染症の専門医であるお父さんが、会議を終えて帰ってきました。

「いやだいやだって、どうしたんだよし君？」

「この子ったら、大きい子と一緒に、隣町の遊園地までサイクリングに行くと言ってきかないのよ」

「サイクリングって、よし君は三輪車だろう。無理に決まっているじゃないか」

「それみなさい。お父さんもだめだって」

「いくんだいくんだ」

その時、お父さんは今日の会議で話したことを思い出しました。

「よし君なー、おまえは三輪車だろう。『普通は行かないぞ、普通はな』。そうだ、あそこにしなさい、すぐ近くの公園、あそこならいいぞ。横に交番があるし、家から見える所だしなー。管理態勢はしっかりしている、人もほとんどいないからコロナの心配もないし、三輪車でもだいじょうぶだ、十分行ける。よし、バッハ君らお兄ちゃん達に頼んでおいてあげるよ」

さあ、よし君はどうしたでしょう？……。

東京五輪「今の状況では、普通はない」
安全安心の三輪車でのサイクリングなら……。

6月4日（金）普通はない〈Ⅱ〉

「コロナがおさまったらどこかへ行こうか、家族で」

「お父さん本当だね」

「お父さんがうそをついたことがあるか？　あったら言ってみなさい」

「………」

お父さんはうそばっかり言うので、みんなどのうそを言ったらいいか選ぶのに苦労しています。

「ディズニーランドがいいな」

「夏だったら海かな」

「冬ならスキーだね」

子ども達は話し合い、候補地を一つに絞りました。

「お父さん、ディズニーランドに決まったよ」

「そうかそうか、決まったか。でもな、もう決めてあるんだ、京都へ行くぞ京都へ」

困ったオヤジです。

もっと困ったオヤジがいます。

「コロナがおさまったら京都へ行こうな、家族でさ。もう決めたからな、京都だ。どんなことがあっても京都だ。絶対変えないけど、行きたい所があれば話し合ってみなさい」

何なんだこのオヤジ……変える気がないものを誰が話し合うでしょうか。

「安全安心のオリンピック・パラリンピック開催」

「コロナに打ち勝った証のオリンピック・パラリンピック開催」

「なにがなんでもオリンピック・パラリンピック開催」

まず『オリンピック・パラリンピック開催ありき』、ここへ真摯に向き合えるでしょうか。

『こうだから、開催は考え直した方がいいんじゃないでしょうか』などと言う気になれるでしょうか。

パンデミックの中の開催、『普通はない』と柔らかく、でもチクリの一刺し。さすがです。

7月24日（土）3本の指に入る「驚き」

東京五輪が始まってしまいました。『開催までこぎつけた執念』――それは、71年生きてきた中で3本の指に入る「驚き」です。

「あとの二つは？」

「ガングロを初めて見た時かな。あれは驚いたのなんの、彼女らを尊敬しちゃったよ。きみたちはスゴイって」

「もう一つは」

「家の庭にタヌキの親子が来たことだな。ああいうのは嬉しい驚きだな。ゾウが来たら断然一番の驚きだったけどな。如何せん、庭に通じる通路が狭過ぎたなー」

「今回の開催は二つに匹敵する訳か」

「そう、雨ニモマケテ、風ニモマケタケレド、国民ノヤメロノ声ニモ野党ヤメディアノ追及ニモマケヌ図太イ神経ヲモチ、欲ハアリ決シテ引カズ、イツモ不気味ニワラッテル……きっと宮沢賢治は苦笑いしていると思うよ」

「でもなんだな、五輪が始まってしまったから、これでオマエの愚痴物語も終わりだな」

「どうだろう、愚痴は閉会といきたいけどね」

7月26日（月）いつもと違う椅子に座ると〈I〉

〈あれ、ここは涼しくないぞ……エアコンがついているのに……。おカーさんはいつもここに座ってご飯を食べているよな。「暑い」の言葉一つ漏らすこともなく……偉いなー、ワタクシとは違う……そうか、そうなんだな。たまにはいつもと違う椅子に座ってみなければいけないな。普段気付かないことが分かるものな〉

　午後、一人で家にいたワタクシは、たまたま食卓のおカーさんの椅子に座って新聞を広げたのです。

〈あれ……ここは空気がなま温かい。そうか、日常おカーさんはいろんなことで、いろんな場面で、ちょっとずつ、ちょっとずつ我慢しながら生活しているのだろうな。オレは狡《ずる》いからなー。全て自分の生き易い方へもっていく。快く、そして楽な方へと。そしてそれを習慣付けていっている。そうなんだよな、惰性で暮していてはいけないんだよな）

「それでオマエ、生活態度を一変させるのか？」

「あっ、その声は神様では……。うーん、心ではね、一変と……でも、難しいですねー」

7月27日（火）いつもと違う椅子に座ると〈Ⅱ〉

眠気覚ましに、午後、おカーさんの『やめておきなさい、自分の歳《とし》を考えなさい』の声ニモ負ケズ、猛暑ニモ負ケズ、散歩に出ました。

（暑い、これはやはり71歳には厳し過ぎるかもしれないな、危険な暑さだなー）

テクテク歩くボーッとした頭に、昨日の『いつもと違う椅子に座ると』が出てきました。

確か『他人の靴をはいてみる』というのがあったな。あの人はこんなちびた靴をはいていたのか、かかとが妙な角度に磨り減った靴で……と。

（やー暑い、これは暑い）

思考力がさらに下がります。他の人の椅子、そして靴に政治家さんがくっつきます。ワタクシの場合、政治家批判は習《なら》い性《せい》になっているようです。政府のお偉いさんは、お供をいっぱい引き連れて災害の後の避難先を訪れます。励ましの声を掛け、そして快適な所へ戻っていきます。その後、何を召し上がるのかは存じ上げませんが、カップ麺でないことは確かでしょう。そしてレストランか料亭のきれいなトイレに入られます……。

（何のこっちゃの声が聞こえてきますが、頭はまだまだ生きています）

他の人の椅子、他の人の靴から、避難所のトイレが浮かんだのです。

「おい、我慢してないでトイレに行ってこい、身体に悪いぞ」

「いや、まだ大丈夫だから」

「大丈夫ってオマエ、ずっと行っていないじゃないか。我慢すると膀胱《ぼうこう》炎とか腎臓病になるぞ」

「だって……」

お偉いさん達は、避難所で限りなく多くの人達が使う、汚れた、水も流せないトイレを見ただろうか。そこの便座に座っただろうか。女の子（とは限りませんが）の身体の具合を想像しただろうか。視察する、励ますとは、同じ椅子に座ることではないでしょうか。汚れた便座に座ることではないでしょうか……。

この秋、衆議院議員選挙があります。

（ああ暑い）

暑いけど呆《ほう》けた訳ではありません。

10月9日（土）秋は夕暮れ

秋は夕暮れ。夕日のさして、山の端いと近うなりたるに……、清少納言——『枕草子』か。

あれから千年経つんだなー。

「なにをオマエ、柄にもないことをしみじみと」

「いや、昨日の夕方にね、5時半頃だったかな。日没の瞬間を見ようと、お気に入りスポットへ急いだんだ。遠く、山の上にかかろうとしている太陽が眩しくてな。行こうとする前の道が見えないぐらいだったんだ。で、ふと横の田圃に目をそらすと烏《からす》が3羽いて、くちばしを上下させているじゃないか。おっと、カラス君か……オマエも眩しいのかってさ、無言で呼びかけたよ。思いがけない時に、所に、生き物を認めるのは嬉しいものだよな」

（おっ、太陽が山の上にかかったぞ、ここからショーが始まるんだ……）

半分ぐらい隠れた頃だったかな、眩しさが半減して、前方50メートルぐらい向こうの道を走る車が見え出したんだ。3台、4台、そして2台と……。

オレがいて、カラスがいて、家路を急ぐ車が走っていて、

（秋は夕暮れ。夕日のさして、山の端いと近うなりたるに、車の寝所へ行くとて、三つ四つ二つなど、走り急ぐさへ、あはれなり——なんちゃって）

10月15日（金）バンザーイ

昨日14日、衆議院はお決まりの『万歳』で解散しました。日清戦争後に流行したとか、選挙前の気勢とか諸説あるそうです。ただ、今、あなたは失職されたんですよ、それなのに『万歳』とは、『これ如何に』と思うのですが……。

「バンザーイ、また戻ってくるよー」

『もう戻ってこなくてもいいよー』

「そんなこと言わずに、戻らせてー」

『いやだよー、あなたは国民のために何かいいことをしましたかー』

「うーん、ちょっと考える時間をちょうだいよー」

『情けないぞー』

「ごめんなさーい」

そうです、実に情けないセンセーです。


「バンザーイ、バンザーイ、バンザーイ」

『今度で何期目ですかー』

「忘れたよー」

『もういいかげんにお辞めになられたらどうですかー』

「…………」

『聞こえないんですかー』

耳も頭も衰えてしまわれたようです。

『おじいちゃーん、国会じゃなくて、病院へ行ってらっしゃーい』

「ありがとう、いつも清き一票をいただいて」

笑ってなんかいられません。この人の当選は毎回確約なのですから……。

「バンザーイ、ワタシはもう辞めるよー」

『御苦労さーん』

「今度はムスコをよろしくねー」

『息子さんは優秀なんですかー』

「大きい声では答えられませーん」

『アンポンタンなのですかー』

「それは言えませーん」

プロスポーツの世界では、名選手の親の名前で冴えない子どももプロに、とはいきません。しかし政界というところは……妙な世界です。


「バンザイだ」

『あなたはバンザイだ、って1回だけなんですか？　みなさんは三唱してますよ』

「オレは1回なんだ。うるさいなー」

『何を怒っていらっしゃるんですか？』

「うるさいなー、しつこいぞ。オレはお手上げ状態なんだ。もう戻ってくる見込みは無いんだ」

『ああ、そうですか、当選の見込みは無い。それでバンザイって……ああ分かりました。そういう時にも使いますものね、バンザイって』

「念を押すな、バカバカバカバカ」

『泣いてらっしゃる……こりゃまた失礼いたしました』

10月25日（月）パンツのこと【台本】

黒子が「パンツのこと」と書いた大きな段ボール紙を持って舞台を横切ります。何でも笑ってくれる有り難い1年生、「パンツ」で計算通りの大笑いです。まるでテレビショッピングの盛り上げエキストラのようです。もうその時点でこの寸劇は大成功です。

台本「パンツのこと」

——先生役は先生に演じてもらいます。

黒子　（パネル「パンツのこと」を掲げ、舞台を横切る）
ナレーター　5年生のキャンプのことです。みんなが風呂に入った後、全員を集めて、先生が脱衣所に忘れてあった物を渡しています。
先生　（かごから、タオル、シャツなどを出して、「誰のだー」と言って渡している。最後にパンツを出して）このパンツは誰のだー。分かるだろー、誰のパンツだー。こんな汚ねーパンツを忘れるなよなー。早く出てこんか、誰のだー。
A　せんせー。

先生　なんだー。
A　そのパンツ、そこに名前が書いてあります。
先生　なに……どれどれ……はせがわかずお（実際は先生本人の名前）……はせがわかずお……いやーまいったまいった。おれのパンツだ。
（おかしいなーと首をひねりながら、みんなと一緒に退場）
B　困った先生だなー。
ナレーター　そうです。実に困った先生です。

10月26日（火）まくらなげ【台本】

「これぞぼくらの先生、素敵な先生」
こんな先生がいたらいいのに……ワタクシの理想の先生です。

台本「まくらなげ」

――先生の役は先生に演じてもらいます。

ナレーター　6年生の時、6年生の思い出は何といっても修学旅行。
夜おそく、部屋では――。
みんな　ワーワー、キャーキャー……。
（まくら投げをしている。そこへ先生が来て）

先生　こらー、早くねろー。
みんな　（素直に）はーい、おやすみなさーい。
ナレーター　先生が行ってしまうと、またまくら投げです。
みんな　ワーワー、キャーキャー、いたいなー、このやろう。
先生　（大声で）おまえらなー、いいかげんにしろよー。
みんな　（素直に）はーい、おやすみなさーい。
ナレーター　先生もバカではない。消えるふりをして、ドアの所に立っていたのです。
先生　（客席に向かって）シーッ。
A　（ムクッと起き上がって）おーい、先生はいったぞー、またやろっけー。
（みんなも立ち上がって始めようとする。
Aが投げようとする手を先生がグッとつかむ）
A　あっ、せんせー、こんばんは。お元気ですか、わたしは元気です。
先生のお子さんはお元気ですか。
お車の調子はいかがですか。
先生　やー、先生はいい男ですねー。モテるでしょう。
それほどでもないけどな。（照れる）
B　よっ、日本一のいい男。
先生　いやー、まいったまいった。

B　　　まー先生、おひとつ、まくら投げでも。
先生　　そうかー、どうやるんだ。
　　　　（B、手を取って教える）
B　　　こう持って、スナップをきかせて、こうですよ先生。
先生　　こうやるのか。（投げる）
B　　　せんせー、お上手ですねー。
先生　　こりゃーおもしれーがやー。
　　　　（みんなとまくら投げで騒ぐ）
　　　　（少ししてから、先生、マイクの前へ来て）
先生　　いいかげんにしろ！　早くねないと明日は眠いぞ。
　　　　（みんな、パッとねる）
ナレーター　先生の優しさに、みんなはやっと眠ったのでありました。

11月24日（水）「はあー？　何か言った？　おカーさん」


「ちょっと○○から」と、おカーさん。

「えっ何だって？」と、ワタクシ。

「ちょっと外で水をまいてくるから」

「はーい、分かった」

一件落着です。

「明日の朝は寒いらしいぞ」

と、テレビの天気予報を見ながらワタクシ。

「えっ、何か言った？……」

と、台所でおカーさん。

「明日の朝は寒いらしいぞ」

「へー、急に寒くなるんだね」

我々夫婦の会話はこのようなものばかりです。

その内に、

「寒いねー」

「はあー、何か言った？　おカーさん」

「寒いねー」

「何だって……」

「寒いねーって言ったの。もういいわ、たいしたことじゃないから」

「たいしたもんだねってか、それほどでもないけどな、ハハハハハッ」

のようになるのではないでしょうか。

今日は、42回目の結婚記念日です。

（いっぱい、いっぱい話をしてきたんだよなー。1万5千日以上にもなるんだものな……。のんびりのんびり毎日を過ごさせてもらってきたけど……おカーさんにとってこんな生活はどうだったんだろう……）

「このまんじゅううまいなー、おカーさん」

「そうそう、明日は木曜日だったね、おトーさん」

共に老いていけるということは、幸せなことだと思っています。

12月8日(水) 12月8日

褌《ふんどし》をパンツに替え、もんぺをスラックスに替え、運動足袋《たび》をナイキのシューズに替え、破ったGパンを誇ってはき、日本手拭いをネクタイに替えて首を締め、どういう訳かヤンキースの帽子を被り、黒髪をアメリカ色に染め、コーヒーは「アメリカンで」なんて言っちゃってさ……。「シンゾウ」「ドナルド」、猫も杓子もゴルフに狂じ……（ああスミマセン、興じ、でした）。バンカーに突っ込むと、「オーマイゴッド！」なんて、純日本的なオッチャンが日本中で叫ぶ。

嗚呼、なのに日本の憲法は、アメリカに与えられ、強いられたものだから改めなければいけないと……。頭のよろしくないクソジジイには分かりまシェーン、イミフメイ。

だったら今からパンツを褌に、スラックスをもんぺに、ナイキのシューズを運動足袋に、穴のあいたズボンにつぎをあて、ネクタイを手拭いに、帽子は鉢巻に、髪は黒に染め直し、コーヒーは甘酒に、「オーマイゴッド！」は「やっちまったぜ、ちくしょう！」に……。

中学校で初めて、憲法9条を知った時の驚きと喜びは今も忘れてはいません。北海道は網走の、あの小さな学校の、長い教壇があったあの教室の、後ろの方の廊下側の席で……。

今日、12月8日は日米開戦の日です。

12月13日（月）どげんかせんといかん

「オレは日々、どこへ向かって生きているのだろう？」

「そりゃーオマエ、棺桶だろう」

普通、このようなのはふざけて言うことなのですが、ワタクシの場合は、おふざけとは言えません。

「途中の駅は無しか？」

「うーん、悲しいかな、オマエの場合は無いな」

「メシ、クソ、ネルじゃ、仕方ないな」

「死ぬまでの暇つぶしで生きているようなものだものな、オマエは」

「今の目標は何ですか？　と聞かれたら、どう答えたらいいんだろう」

「はい……無事に死ぬことが目標です、と答えるしかないな」

「ただし、ボーッとした顔で死んでいたくはないんだよなー」

「何だそれ？」

「チコちゃんに叱られそうだもの。ボーッと死んでんじゃねーよーって」

老而学、則死而不朽。老いて学べば、則ち死して朽ちず……。

「どげんかせんといかん」

12月24日（金）調子にのった三太郎【台本】

自由に自分の考えをぶつけ合う授業を目指しているはずなのに、教師の頭にあるものだけが正解……嫌になってしまいます。

（うーん、考えられることはいっぱいあるけれど、先生はきっとこっちの考えの方を期待しているんだろうな）

（どうだろう？　ぼくの考えはこうなんだけど、先生のはどうなんだろう？　間違っていたら嫌だから黙っていよう）

みんなの発言は、余所行きの、面白味のない、無難なところに落ち着きます。

しかし、三太郎君だけは違っています。

台本「調子にのった三太郎」

（舞台は教室風景、先生が黒板に大きな丸を描いています）

先生　いいかー、これは大陸から遠く離れた無人島だ。無人島だから人はいない。いたらそこは無人島ではない。分かるな、みんな。

（三太郎以外のみんな大きくうなずく）

ナレーター　みんなとても素直です。三太郎君以外は。
先生　この島に何らかの理由で一人とり残されてしまった。
もしかしたら船が難破して一人だけ助かったのかもしれない。
そこのところは深く追及しないでほしい。
追及されると先生も困るからな、いいな。
ナレーター　（三太郎以外のみんなは大きくうなずく）
なんでもうなずく、とても先生思いの子達です。三太郎君以外は。
先生　そこでだ。島で一人ぼっちになった人は、この後どうするだろう？
自由に考えてほしいんだ、いいな。
みんな　（大きくうなずく）
三太郎　ハーイ。
先生　もう考えたのか三太郎、早いな。
三太郎　まず、おしっこをすると思うな。いや、うんこかもしれない。
先生　何だそれ？　ふざけているのか。
三太郎　いいえ、まじめです。ぼくはいつだってまじめです。
先生　おしっこやうんこがか……。
三太郎　人はどんな人もまず自然現象……いや生理現象でしょう。
国を動かすような人だって「便意」には勝てません。

先生　腸の病気で辞めた総理大臣もいたぐらいですよ。まずおしっこ、うんこです。
三太郎　そんな低次元のことを聞いているんじゃないんだ。
クラスには、ぼくみたいに低次元の人間もいますよ。
もちろん優等生もいますけどね。
先生　ああそうそう、おしっこやうんこの前に途方に暮れて泣くかもしれません。
絶望ですからね。でも、死んでしまいたくないから、
生きていく方法を考えるでしょうね。
ナレーター　(ニコニコしてくる)
先生は二コニコ顔になってきました。
先生　三太郎、オマエもなかなかやるねー。
よーし、いいかみんな、そこから後を考えてみようか。
泣いて、そしておしっこをして、その後どうしていくかを。
ナレーター　みんなは考えつくことを次々に言っていきました。
A　生きていかなくちゃいけないから、
まず水を、それから食べる物をさがすだろうな。
B　まず近くの草や木の実かな。
C　近くに川があれば、貝や魚をとる。
D　火をおこさなくてはいけないな。

Ｅ　近くを走って狩りをするかもね。

Ｆ　魚をとる道具や狩りの道具も作らなければいけない。

Ｇ　その内に少し遠くへ行ったり、船を造って海で魚をとったりするかもしれない。

ナレーター　教室のみんなは、それぞれが考えを出し合いました。

先生　無人島で、はじめは寂しくて泣いている。
でも食べないと死んでしまうから、水をさがしたり食べ物をさがしたりする。
道具も作る。自然を利用する。
近くから遠くへと生活の範囲を広げるなど、さまざまなことを考え合いました。
これは無人島でという極端な話だけど、村が町になり、市になり、
大きな都市になっていく流れにつながる勉強だと思うぞ。

三太郎　おしっこから大都市へか……。

先生　まず自分のことから、そして身近なところから考えていく、これは基本だな。

三太郎　今日は三太郎に一本とられたな。見直したぞ三太郎。

先生　どんなもんだい。

三太郎　調子にのるなバカ。

アヘアへ……。

（幕）

12月26日（日） ずる休み 【台本】

今の時代、こんな先生はいません。（昔もいなかったでしょう）、もしいたら大変です。

放課後、ドエリャー怖いおカーさんが職員室に怒鳴り込んできました。

「申し訳ございません、ちょっとした冗談だったんです」

「教育委員キャーに訴えますよ！」

「だから、ちょっとしたユーモアだったんです」

「ユーモアであろうとノーモアであろうと、許せません！」

「よっ、おカーさんお上手。ユーモアとこられてノーモアと返すなんて、素人ではなかなかできることではありません」

ここでなんと、おっかないおカーさん、ニヤッと笑ったではありませんか。ちょっぴり嬉しくなった先生。

「ノーモアヒロシマ、ユーモアおカーさん……なんちゃって」

「バーカ」

台本「ずる休み」

――先生役は先生に演じてもらいます。

ナレーター　４年生の冬、ぼくは体育をずる休みしようとしてバレてしまった。
（先生と三太郎が平均台に座って話をしている後ろで、

三太郎　みんなはラジオ体操をしている。
先生　小さい音量でラジオ体操の曲）
三太郎　（大袈裟に震えながら）センセー、
先生　なんだ？
三太郎　（震える声で）体育を見学させてください。
先生　どうしたんだ？
三太郎　寒いんです。
先生　冬は寒いに決まっとる。暑かったら夏だ。
三太郎　（おなかを押さえて）じゃーセンセー、おなかが痛くてー。
先生　人間はみんな痛いもんだ。痛くないやつは死んでいるやつだ。
三太郎　じゃーセンセー、頭にします。頭が痛くて、痛くて。
先生　平気、平気。
三太郎　センセーは平気でも、ぼくは平気じゃないんです。
先生　そんなもん平気、平気。生きてるやつは頭の一つや二つは痛いもんだ。
三太郎　そんなバカなー。
先生　なにー、先生に向かってバカとは何だ、バカとは。
三太郎　センセー、あのー、足が痛いんです、足が。
先生　（三太郎の足を触って）ここか、ここが痛いのか？。

三太郎　そうです。そこです。
先生　そうか、それは結構なことではないか。どれ。
（そう言って、ひざこぞうを軽く叩く。叩かれると三太郎の足がピコッと上がる）
三太郎　イテーッ。（泣きそうになる）
先生　イテーか、そうか、生きている証拠だ。よかったなー生きていて。
（もう片方も叩く。そのたびに足がピコッと上がる。それを何度も繰り返す）
あ、ほれ、あ、どっこいしょー。（10回ぐらい）こりゃーおもしれーぞ、三太郎。
三太郎　ふざけないでくださいよー、センセー。（先生はまだ繰り返している）
ナレーター　先生にごまかしはきかなかったのです。

（幕）

2022年

1月16日（日）元々は他人

（そうだよ、おカーさんは、元々は他人だったんだよなー）

日常共に暮らす中で、ある一瞬の所作に、『他人であったこと』を思うことがあります。

全く別のところに生まれ、夢を持って少女時代を過ごし、はつらつと青春を生き、そしてある日、蹴った石が転がった方にたまたま歩を進めたがために……今に到った。それはたまたまのことだったのに、四十年以上も一軒の家に。もしあの時、蹴った石が土手の下へ転がり落ちていたら、石なんか追っかけなかったら、出会うことはなかった。追っかけたばかりに、そこに『借りてきた汚らしい猫』がいた……。「まあしかし、人生なんかそんなものなんだよな」と言うとおカーさんは怒るかな。

「で、お前、他人を感じて、その時どう思うんだ？」

「まず、いつもありがとうって……、そして申し訳ないなって」

「感謝と詫びか」

「そう、それと尊敬の念とね」

2月1日（火） まああかん

夕方、散歩から帰って、我が小部屋に入ったら、

「ドキッ」

「ごめん、ごめん。おかえり」

「おかえりって神様、だめでしょう、勝手に入り込んでは」

「オマエに言いたいことがあってな」

「もしかして、あれを見てたんですか？　いや、聞いていたんですか？」

「あれって何を？」

「何をって神様、しらばっくれちゃって。あれでしょう、オ〇〇ですよ、オ〇〇」

「そうそう、そのオ〇〇だよ、オ〇〇」

「そうか、やっぱりな。あの時、何か気配を感じたんだよなー。やっぱりなー。白状しますとね、散歩していたら、オナラがしたくなってきちゃったんですよ。周りは田圃ばかりだし、見える範囲に誰も人はいないものですからね。歩くリズムに合わせて、『プップップップッ』ってね……。可笑しくてさー、自分でも笑っちゃいましたよ……。でもね、可笑しなものですね。誰もいないと分かっているのにキョロキョロッって……」

「誰かに聞かれはしなかったかって？」

「そうなんですよ、人間って面白いものですねー。そうか、神様が聞いていたのか、お恥ずかしい次第で……まいった、まいった。赤面ですよこれは。神様も人が悪いなー。あの時言ってくれればよかったのに。わざわざそれを言いに部屋まで来て、それも先回りまでして」

「バカ、ワシが言おうとしていたのは、オナラではなくてオカシだよ、オ・カ・シ」

「うわー、てっきりオナラだと……。なーんだ、言って損しちゃった、恥ずかしい」

「オマエは確か去年の夏頃、もう間食はやめた、お菓子は一切食わないと言ってたな。それがどうなっているんだ？　最近はバクバク食って……」

「人間は弱いものですねー、神様」

「バカ、弱いのはオマエだけだ」

「まあ神様、そう怒ってないで、これ一つどうですか。おばあちゃんのポタポタ焼き。おいしいですよー」

「まああかん」

2月5日（土）不思議な夢

道に迷ってしまった。困ったなー。日暮れは迫っているし、どうなってしまうのだろう。

歩く山道から時々下の村が見えてくる。あの村は違う、あの村も違う、どうしよう、次の村もその次も違う……。あれ、あれはどこなんだ？　懐かしさを感じさせる風景、全体が薄茶色の空気で包まれているような不思議な雰囲気の村。しかしあの村ではない、ああどうしよう……。あれっ、どういうことだろう？　私の村に着いているではないか。あんなに迷ったのに、嬉しい驚きだ。

「ごめんなさい、随分部屋を汚してしまいました。ここに千円置いておきます」

朝ここで目が覚めたのです。

(実に妙な夢だったな、不安を抱え、歩き続けた山道、懐かしさを覚えさせたあの村、不意に訪れた安心感、そして『ここに千円置いておきます』と。何なのだろう？　この脈絡のないつながりは。これが夢の不思議なところなのだろうな)

昼過ぎ、我が部屋で机に向かった時でした。

(あの夢の中の、懐かしさを覚えた村……そうだあれは雪舟の絵だ！　あの薄茶色の空気に包まれたような感じで出てきた村は、山水長巻の一部分だ。松があり、家があり、人がいる、あの風景だったんだ！）

昨日の午後、録ってあったＤＶＤ「雪舟・四季山水図巻」を見たのです。16メートル近くもあるという図巻の一場面。それが夢の中に登場したのです。納得です。しかし、『ここに千円置いておきます』は何だったのでしょう？

2月10日（木）昔、体育館で

昔、体育館で全校児童を前に、

「いいかー、向こうから一人の子が歩いてくるとするじゃないか、分かるか」

（こんなことを分からんやつはいないよな）

「いいか、その子は先生の前を通って、さらに先へ行きたいんだ、分かるだろう」

（ここまでもいいよな。１年生も分かるよな）

「向こうへ行きたいんだものな、そんなことはその子の自由だもの、分かるよな」

（分かるよな、うん、分かる分かる、ここまではオーケーだな）

「それをだぞ、先生が意地悪をして、行かせないようにしたらどうだ」

（この状況は分かってくれるだろうな）

「先生にそんなことをする権利はないよね」

（権利か……分かるだろうか、話の流れで分かってくれるはずだ）

「先生はよくないよねー、その子の自由をとっちゃったんだもの、分かるよね」

（相手が先生だから仕方がない、なんて思う子はいないよなー……、いやいや、中にはいるかもしれないな）

「いいか、人の自由を勝手にとってしまってはいけないんだ」

（ちょっと難しいかなー。進行を妨害することの一例だけで普遍化させようというのは無理があるかなー）

「人の物を盗ることも一緒だぞ」

（こうなると半分の子は、『分かりませーん』だろうな）

「物を持つ自由、物を持つ権利を奪う訳だものなー……それは行きたい方へ行く自由を奪っていることと同じなんだ……」

（さあ、話をどうまとめていこうか、困ったぞ……）

今日は、家の近くの小学校の横の道をテクテクテクテク歩きました。（大変だよなー、小学校の先生は。この前生まれたばかりのような1年生も、声変わりして、おじさんみたいな子もいる6年生も同時に相手にする訳だものなー、ご苦労さん）

2月28日（月）「ワンマン」と「ちゃぶ台」

むかーしむかし、夕飯時におやじさんがニヤニヤしながら言ったのです。

「あそこのごんたろうさんなー、ちゃぶだいをひっくり返すらしいぞ。こんなもん食えるか！　ってな。ワンマンらしいぞ」

そうか、『こんなもん食えるか！』と言って、ちゃぶだいをひっくり返す人をワンマンと言うのか。何とワタクシは幼くして『ワンマン』と『ちゃぶだい』——この大人が使うような言葉を知ったのでありました。（ドンナモンダイ）

ところがどっこい、時は流れて、『ワンマンカー』というのが走り始めた頃、（えーっ、威張った恐ろしい人が運転する電車やバス……そんなのに乗りたくないなー）と。

そして、なんと今日、恥かしくも72歳にしてジジイは、ちゃぶだいは漢字で『卓袱台』と書くということを知ったのです。

（食卓全てを指す訳ではなかったのか。そういえば、子どもの頃、我が家もそうだったなー。折り畳んである4本の足を立てて、畳の上に置いて……。懐かしいなー。そうだ、星一徹がひっくり返したのもこれだった。横でお姉ちゃんが呆然と立ちすくんでいたっけなー）

『ワンマン』そして『卓袱台返し』。日本人ならさしずめ織田信長というところかな。外国人ならプーチンか。そういえば、2人の顔はなんとなく似ているような……ゴメンナサイネ。

3月2日（水）ビヨンド・ディスクリプション

まだ残る寒さの中に、ひとかたまりの暖かい風が吹きました。歩くジジイのセーターが、その風を吸い込みました。

（これだよ、これ。オレはこの風に会いたくて生きているんだよな。なんと安上がりなジジイなんだ。しかし、本当なんだからしょうがないな。そりゃー道で出会ったサンタさんが、『ジイさん1万円』と言ってプレゼントしてくれたら嬉しいよ。そんなこと当たり前じゃないか。しかし、この風にはかなわないよなー。えっ、じゃ2万円ならって……まだまだ、3万円……なんのなんの、5万円……ちょっと考えるけどね。でもやっぱりジイさんはセーターに吹いた風なんですねー）

春先に吹く優しい風、夏の終わりに吹くちょっぴり冷たい風、ジイさんはその風が大好きなのです。

「えっ、どのくらい好きかって？　筆舌に尽くし難いなー。ビヨンド・ディスクリプション、なんちゃって」

夕方、ジイさんはニヤニヤしながら散歩から帰って来たのでありました。

「あーはらへった」

3月5日（土）デパ地下のケーキ屋で

名古屋はコーヒーと本屋限定のワタクシ。今日はちょっと道を外れて、デパ地下へ。

（ケーキ、ケーキっと、ケーキでも買って帰ろっと。女どもは甘い物が好きだからなー）

で、エスカレーターを下りていくと、人、人、人、最後尾の看板まであるではありませんか。

（たかがケーキだろう。ケーキごときで並ぶなよなー、情けないぞ。オマエらなー、ウクライナの人のことを考えてみろ、恥ずかしくないのか……そうか、オレも買いに来たのか）

頭の中でブツブツ言いながら、空《す》いている店を探します。人込みの中をいくとちゃんとあるじゃありませんか、ワタクシ用の行列の無いケーキ屋さんが。

（行列の有る店と無い店、なんなのだ、この違いは。ウチのケーキは泥で作ってありますといわれたら、サスガのワタクシも遠慮するけど……。そんなものどの店のケーキも五十歩百歩なんだろう……えっ、五十歩と百歩はすごい差だぞって、アチャーッそうなんですか、行列好きのあなた達には天と地ほどの違いなんですか。

オイ、そこのおじょうちゃん、もしかしたらこの誰も並んでいない店のケーキの方がそちらのよりおいしいのかもしれませんよ。えっ、それは東京の有名なパティシエのケーキじゃありませんって。えっ、有名だとおいしいのですか……。

えっ、これは○○さんが食べたケーキですって……、○○さんが食べたらおいしくなるのですか、へー、不思議ですねー……。でもねおじょうちゃん、ワタクシが買おうとしているこの店はね、あのジャニーズの○○君御用達のお店なんですよ。知らなかったでしょう、ワタクシだけが知っているんですよ。でも並んでいるおネエさん、おニイさん、それでいいんですよね。「有名なケーキ」という情報を食べるのですものね、それで大満足なんですものね……。

ただね、おネエさん、おニイさん、ほら、今あなた達が買おうとしているケーキはね、お狐さんが葉っぱとお馬さんのうんちでこしらえたものなんですよ）

田舎のジジイはニヤニヤ顔でデパ地下を後にするのでありました。

3月11日（金）古い奴

「すごい時代になったなー。オマエ知ってるか、お金がいらないんだぜ。スマホとやらをピッとやるだけ」

「便利だよな全く」

「ムスメと時々喫茶店に行くんだけどな、いつもムスメはレジでピッだもの」

「ペイペイかな」

「ペイペイかポイポイかヨイヨイかは知らないけどさー、喫茶店はたまんないよな」

「どういうことだ？」

「どういうことってオマエ、オレらはいつも飲み逃げ、食い逃げなんだぞ」

「本気で言ってるのか、オマエ」

「冗談だよ、本気な訳がないじゃないか、阿呆」

「そうだよな、いくらオマエでも」

「本屋なんか、わざわざ現金レジって書いてあるんだもんなー。その内に現金では買えない日がくるのではとさー……」

「そうなったらどうするオマエ？」

「泣く」

「ますます引き籠ることが増えるか」

「本なんかはさー、あれはお金と引き替えに渡されるからいいんだぞ。そうか、これは本体

１６００円か。税込１７６０円だな。２０００円でお釣りをもらおうかな。まてよ、硬貨で７６０円あったんじゃないか……で、財布を調べてな、本とお金を握りしめてレジの人に渡すんだよ。『カバーはおかけしますか？』『いいです、いらないです』とか何とか言葉を交してな。『ありがとうございました』と言われたオレは、『どうも』って恭《うやうや》しく頭を下げて、その本を受け取るんだ。

本を探すところからもらうまでの一連の儀式を経るから、その本に値打ちが出るんじゃないか。それをレジでピッだけじゃな……。無人レジまであるじゃないか。そんなのはオレの感覚では万引きだな」

「おもしろい奴だなオマエは」

「さてと、儀式通り買った本でも読もっと」

「ごゆっくり」

3月13日（日）過ちては改むるに憚ること勿れ

東京の日本橋に立つAチンさんとBチンさん。

焦っていたAチンさん、『エーイ、どっちでもいいや』と右の道を選んで歩き出しました。気が付いたら北海道に来ていました。

イライラしていたBチンさん、『オレは左』と、考えることもせず歩き出しました。気付いたら九州に来ていました。

「そういうことってあるんですよねー、選んだきっかけはただの焦りとイライラ」

もう取り返しがつきません。行くべき所は長野県、真ん中の道を選ばなくてはいけなかったのです。しかし、そこは強引なAチンさんとBチンさん、

『よし、今日から北海道が長野県だ』

『オレが着いた九州こそが長野県だ』

全く訳の分からないことを言い出しました。

『文句をつける奴はタイホだタイホだ』

「オマエ、カーペット巻きの難しさを知ってるか、体育館の床なんかに敷くあの長くて分厚く幅の広いカーペットなんだけど」

「ああ、あれね、卒業式なんかの行事に敷くやつか。そうそう、敷く時はまだいいけど、巻くのが大変なんだよな」

「あちゃー何だこりゃー、ひどいなこれはってね。最初の方の数センチのずれが最後は1メートルぐらいのずれになっちゃうんだ」

しかしそこはあのAチンさんとBチンさん。

『なにー、すごいずれだって、誰だオレの巻き方に文句をつけた奴は。タイホだ、タイホだ。こんなすばらしい巻き上がりに文句をつけるなんて、どんな目をしてるんだオマエは』ってさ。

「はい、おっしゃる通りでございます……でも、あのー……」

『なんだ』

「過ちては改むるに憚ること勿れってあの孔子大先生が」
『何だそれは、オレは天下のAチン様だぞ』
『Bチン様だぞ』
「アチャーッ」

3月16日（水）小声で決心

「よし、オレは決めたぞ、『借りてきた猫』に徹するぞ。誰が何と言ってもこの決心は変えないぞ……何、何だって……どうしてそんなものに徹するのかって……そりゃ何だよ、オレは『借りてきた猫』だからだよ。そうなんだから、しょうがないじゃないか。オマエなー、ブタがだぞ、ワシはブタでいたくないからウシになるなんてことができるか？　無理だろう。それと同じだよ。今日から自信を持って、『借りてきた猫』であるを前面に出すぞ……。何、前面に出せるような人間なら『借りてきた猫』とは言えないぞって……。そうか、それもそうだな。自己紹介で、えーワタクシは正真正銘、逃げも隠れもしない、どこへ出しても恥ずかしくない、年季が入った、押しも押されもしない、自他共に認める、生まれながらの『借りてきた猫』なのでありますなどと大勢の前で堂々と言えるなら、それは『借りてきた猫』ではないな。『借りてきた猫』は、人前では必ず猫を被っておとなしくしていなければいけないもんな。よし分かった。前面に出すことも自己紹介もしないぞ、きーめた」

最後は力なく小声で決心したのでありました。

3月24日（木）「だめなものはだめ」

「だめなものはだめ、きょうは買わないよ。おかあさん言ったよね、今日は買わないよって」

スーパーでよく聞く、若いお母さんの台詞です。

お菓子コーナーで、やんちゃそうな3歳ぐらいの女の子が、お母さんの服を引っ張っています。

（いつものやり取りなんだろうな。さあこのかけ引き、どちらが勝つのだろう？）

「だめなものはだめ」

（そうですよねお母さん。だめなものはだめなんですよね。二人の、いや人間同士の固い約束なんですからね……いやホントウニ）

子どもの「かって、ねーかって」の声が大きくなってきました。

「おかーさん言ったよね」

（さあ、佳境に入ってきたぞ。子どもには勝算があるんだよなー。いつも多くの人の中で大声を出すと買ってくれる。今日もきっと……）

「だめなものはだめ」

（そうだ、だめなものはだめなんだ）

少し離れた所で、

（そんなもの関心なんか無いぞ、見ていませんよ）

の顔でしっかり見ているワタクシ、お母さんを応援します。

突然、やんちゃ顔の憎たらしい駄々っ子は攻撃を仕掛けたのです。地団駄・泣き叫び戦法です。幼児の「ギャー」の声ほど不快なものはありません。たまらずワタクシはその場を離れました。

（それにしても、しぶとい子どもだったなー。でもお母さん、だめなものはだめですぞ。今日は買ってはいけません）

そうなのです。だめなものはだめなのです。絶対にだめなのです。

生物・化学兵器、もちろん核兵器、たとえ配線が切れて頭がおかしくなっても、壊れても、だめなものはだめなのです。使ってはいけないのです。と言うより、人間は使えないのです。

神様は人間をそのように作られたのですから……。

「ガンバレ、おかあさん。だめなものはだめなんですから」

4月3日（日）不機嫌解消法

「機嫌の悪さが戦争を引き起こす」――たまったものではありません。

そこらへんに転がっている小人《しょうじん》は、不機嫌の解消に「こんちくしょう」と、他に聞こえないような小さな声を上げ小石を蹴飛ばします。小人なだけに不機嫌解消も安上がりです。

小人の中の小人であるワタクシの場合は、まず我が小部屋に閉じ籠ります。しばらくボーッとした後、机の引き出しに隠してある諭吉先生の顔を拝みます。

（おっ、こんなに貯まったか。何を買おうかな？　名古屋へ行って、あの喫茶店でコーヒーをすすり、それから本屋へ行って、オレを高めてくれる本を買って……帰りはおカーさんとムスメにケーキでも、いやバウムクーヘンがいいか、大判焼にするか、それともキヨスクで赤福餅……）

その頃、ワタクシの顔はすっかりニコニコ顔になっているのです。

黄金の御殿に住み、床に散らばった金銀財宝が邪魔で、ルンバに吸い取ってもらいながら部屋を移動するような生活をしている大物は、（あーむしゃくしゃするなー。よし、あの国をやっつけてやるか。きーめた！）で気を晴らすのです。

小石を蹴飛ばす、諭吉先生を拝む、戦争を考える、それはスケールこそ異なりますが、見事に相似形を成しているのです。

（ああ恐ろしや、恐ろしや）

4月4日（月）金《こがね》は山に捨て

「おいおカーさん大変だぞ。お金を山へ捨てに行かなければ不幸になるって」

「何それ、誰が言ったの？」

「誰がって、兼好さんだよ。【金は山に捨て、玉は淵に投ぐべし、利に惑ふは、すぐれて愚かなる人なり】ってな。オレが昨日、机の引き出しに隠してある諭吉先生を見てニヤついていたのを見ていたのかなー。それともあれかなー。兼好さんは、オレに捨てさせておいて、後でこそっと盗りに行くという魂胆かなー」

もうおカーさんは聞いていません。録画した刑事ドラマを見ています。水谷豊と反町隆史の『相棒』です。そんな必ず解決する分かり切った話より、『徒然草』の方が面白いと思うのですが、こちらに耳を向けません。

（【名利に使はれて、閑かなる暇なく、一生を苦しむるこそ、愚かなれ】か、なるほどなー。じゃ、オレなんか案外好い線を行っているという訳だな。閑かな隠れ小部屋を持っているし、暇ばっかりだしなー。時々少ない諭吉さんを数えて、ケーキにするか、赤福餅にするかで悩むぐらいがほどほど、適度というところなんだろうな）

『それはアンタ、ちょっと寂し過ぎますぞ』

と兼好先生が言っているような気がします。ワタクシもそう思います。

4月6日（水）民話「てぶくろ」

今、ウクライナの民話『てぶくろ』が話題になっています。

「あれはいいお話だよな」

「うん、あれはいい。心が温かくなるというか、嬉しくなるというか」

「ああいうことってあるんだよなー」

「ばか言え、あんなことはないだろう。あれはお話だからな」

「いや、気が付かないだけで、しょっちゅうあることだぞ」

「おじいさんが落としたてぶくろに、くいしんぼネズミが入って、ぴょんぴょんガエルが入って、はやあしウサギが、おしゃれギツネが、灰色オオカミが、牙持ちイノシシが、のっそりグマがだぞ。どこの世界にあるんだ、そんなこと、ばかかオマエは」

「オレが今日散歩で通ったあの道を、大蛇が横切ったんだ。昨日の夕方に」

「そんなもの横切るか。まだ4月になったばかりだぞ」

話が食い違います。

「それが横切ったんだから、しょうがないじゃないか。ニヤッと笑いながら」

「情けない」

「あの道の横の、タンポポがきれいな土手な、オレが通った2時間前にさー、ヤギがダンスしてたんだ」

「大丈夫か、オマエ」

「だいじょうぶだァー。また1時間前にはな、ゾウがうんちをしたんだぞ。やっぱりニヤッと笑って」

「何が言いたいんだオマエは?」

「オレはああいう話が好きなんだなー。ゾウのうんちもな、誰かが30分前に片付けたから跡形もないけどな」

「でオマエはあの『てぶくろ』の話のどこが好きなんだ?」

「そりゃー決まっているだろう。最後におじいさんがやって来て、落としたてぶくろを拾ったところだよ」

「…………」

4月7日（木）ウクライナ・ベラルーシ・ロシアの子どもたちは今

おばあさんが、おじいさんにおねだりして作ってもらったタール付きの『わらのうし』。そのウシがクマをつかまえ、オオカミをつかまえ、キツネをつかまえる。そしてね……。

ウクライナの子どもは、これを読んでもらいながら笑みを浮かべて、眠りについたんだろうな……。

クマでもオオカミでもキツネでもウサギでも追い払うことができなかった憎らしい『ガラスめだまときんのつののヤギ』。それを何と、小さなハチがチクリの一刺しでやっつけたお話を読んでもらい、満ち足りた気持ちで深い眠りについたベラルーシの子ども……。

そして、ころがり出した『おだんごぱん』。ウサギは残念、つかまえられず、オオカミもクマもつかまえられない。ところが悪いキツネがパクッと食べてしまいましたとさ……。こんちきしょう、ずる賢いキツネめと、ちょっぴり怒ったロシアの子ども。でも、やっぱりほほ笑みながら楽しい夢の中へ入っていったんだよなー。

ウクライナ、ベラルーシ、そしてロシアの子どもたちは今……。

4月8日（金）おカーさんは内田康夫で

寝床で、

「おカーさん、今日も内田康夫か？」

「そう」

「よく飽きないな、その本は何回目だ？」

「5回は読んでいるかな」

「サスペンスだろう。そんなもの、一回読んだら終わりだろう普通は」

「いいの、わたしは」

「読むたびに犯人が変わる訳じゃないし」

「いいの」

そうです、いいのです。5回読もうと10回読もうと、余計なお世話なのです。分かってはいるのですが、つい言ってしまうのです。

（内田康夫の本は全てあると言っているから、何十冊もあるんだろー。それを5回ずつ読んでいるって……これは尋常な回数ではないなー）

ベッドでウクライナの子どもが『わらのうし』を読んでもらい、ベラルーシの子どもが、『ガラスめだまときんのつののヤギ』をもう一回とねだり、ロシアの子どもが『おだんごぱん』で目を閉じ、日本の子どもが『ももたろう』で夢の世界に入っていったように、おカーさんは『内田康夫』で他ではない自分の眠りに入っていくんだろうな。何度も何度も、内容が分かっていても繰り返し繰り返し……。そうなんですねー。

「おやすみなさい」

4月29日（金）もともとはオレの物

「あのー……」

「なんだ、うさんくさい顔で」

「うさんくさい顔ってアナタ、うさんくさいのはアナタの方でしょうよ。そのマトリョーシカはワタシのですよ、持っていってはいけません」

「馬鹿野郎、もともとはオレの物だったんだ。文句あるか」

「文句あるかってアナタ、これはワタシがネットで買ったんですよ」

「分からない奴だなー、その前はオレが持っていたんだ」

「そうかもしれませんが、手放したんでしょう」

「うるさい、とにかくオレの物だったんだ。オレが大切にしていたんだ」

「だからですねー、今はワタシの物なんですって」

「道理の分からん奴は困ったものだ全く。いいか、そのマトリョーシカはなー、オレに持たれたがっているんだ」

「何ですか、それ」

「マトリョーシカに聞いてみろ。オレに持っていてほしいと言うはずだ」

もともとはオレのものだったと言い張る男は、マトリョーシカを怖い顔で睨みつけました。

「アナタ、睨みつけてはいけません。それは強迫じゃありませんか」

「馬鹿野郎、オマエの家に置いておかれるのは、このマトリョーシカにとっては悲劇なんだ」

「何をおっしゃいますか、風珍さん」

「マトリョーシカの安全を確保するのに他の選択肢はない」

「国連に訴えますよ」

「もともとはオレが持っていたという、崇高な理由がオレにはある」

「マーアカン、何とかにも三分の道理というやつですか、風珍さん」

5月2日（月）カーネーション売り場

（買おうかな……どうしよう。皆もすなるというカーネーションの贈り物、ジジイもしてみんとてするなりか……。まだ母の日まで6日もあるよなー。今日買っていったら、どこかに隠しておかなくてはいけないな……。もし途中でばあさんに見つかったらどうしよう。

『お母さん、いつもありがとう』

なんて書いてあるしなー。

『いや、ちょっときれいだったからな、つい買っちゃったよ』

なんて弁解する心の動揺の方が花の値段より高くなっちゃうよなー……。どうしよう、買おうかなー♪♪、買うのはよそうかなー♪♪、という曲があったっけ……。ジジイがレジで『これくださいい』というのも照れくさいしなー。レジのおネーちゃんが、腹の内で笑うよなー、きっと。ニヤッと笑って、『はいありがとうございました』なんて言うんだよな。おネーちゃんにいろいろ想像されて……。

こんなお年寄が奥さんにカーネーションを……ほほえましいわ、なんてさ……。ワシはこの想像が嫌なんだよなー。周りの人もいろいろ思うだろうし……）

あっ、断っておきますが、このおじいさんは、ワタクシではありませんよ。カーネーション売り場の5メートル後ろで、ニヤニヤして眺めていたのがワタクシです。その場所で、買い忘れた糸コンニャクを買いに戻った我がおカーさんを待っていたのです。

（5月8日は母の日か……。オレはどうしようかなー、カーネーション……。それよりも今晩はスキヤキだったなー、ヤッタゼ！）

5月12日（木）押し入れの中

真っ暗な押し入れの中が、怖い所から嬉しい所に変わったのはいくつの時だったのでしょう。明るい中で活動するよりも『オレはここがいいんだよな』。ゆったりと、何事も起きることのない暗く静かな海の底のようなここが。

押し入れの戸を開け、上の段、高く積まれた蒲団が崩れないように手で押さえ、その上に上っていく無様《ぶざま》で滑稽な姿をもう一人の自分が見て笑います。

（入る時の姿はいつも情けないものだけど、中は天国だからなー。さあもうちょっとだ）

どれぐらいの間、そこにいたのでしょう。

充電を済ませ、少年Jは光の中へ出て行くのでありました。

（ジャジャーン）

もちろん光の中も、そこはそこで楽しい場所だったのですが。

5月14日（土）情けない顔のおっさん

おっと、何とも情けないボケーッとした顔のおっさんもいるもんだなー……と思ったらオレだった。

バナナを持ち上げ、カートの中のかごに入れようと顔を上げたら、トロンとしたしまりのないおっさんの顔……。目に力を入れ、開いていた口をギュッと閉めたのですが、後の祭りです。醜い顔が脳に焼き付いてしまっていました。

（ここに鏡があったんだよな。オレはよくここで失敗するんだ……。不意に鏡に映る顔が情けない顔ということは……日常のほとんどでこのような表情をしているんだろうなー。嫌になっちゃうな。良い顔じゃないことは知っていたけど、ここまでひどいとはなー……。いつも顔を緊張させておくのは無理というものだし、第一、疲れてしまうもの……。あーあ、まいったなー……。こんな所に鏡があるからいかんのだ）

スーパーの中、カートを押す気落ちしたジジイは、おカーさんの後ろをトボトボついていくのでありました。

5月19日（木）筋肉の勉強

テクテク、スタスタ……。今日も散歩です。

（あんなことも、あれも、『借りてきた猫』ならではの……）

35年ほど前の理科室です。理科室用の大きな机の上に、等身大の人体模型を載せました。縦半分が筋肉むき出しというやつです。

「今日は筋肉の勉強だ。ちょっと失礼してっと」

まだ十分若かったワタクシ、机にピョンと飛び乗り、模型の横に立ちました。

「これが一番分かり易いからな」

ワタクシは服を脱いでいきました。子どもらはニヤニヤ。ワタクシは真剣です。ついには短パン一丁になりました。

ワタクシは模型を指し、

「いいか、これが○○筋だ。センセーのでいくと、この部分に当たる訳だ。本当は一皮めくると分かり易いんだけどな。そうはいかない、痛いからな」

次々に模型にワタクシを対照させていきました。

「いいか、今度は筋肉の伸び縮みだ。センセーのをよく見てろよ。こう曲げると、ほら、模型でいうとこの部分だ。こっちが伸びて、こっちが縮むんだ。何かを持ち上げると、筋肉がこう動くんだ。分かるか？……」

実験机の上の不気味な人体模型と、ほとんど裸のワタクシ。おかしな風景だったのでしょうね。

（えっ、オマエは『借りてきた猫』なんだろうって……。そうなんですよ、自他共に認める、押しも押されもしない、公認の。えっ、『借りてきた猫』は、そんな恥ずかしいバカなことはしないだろうって。――いやいや、アナタは何も分かっちゃいない。『借りてきた猫』じゃない御方は、決してこんなことはしません。『借りてきた猫』だからこその行為なのです。『借りてきた猫』は複雑なのです。自分にも他人にも分かりにくいのが、『借りてきた猫』なのです。

ニャーオ）

テクテク、スタスタ……もうすぐ家です。

5月30日（月）どこかの国もすなるという戦いを

「車にぶつかると痛いかなー」

「熱でもあるのか、オマエ」

「なー、どう思う。オイ、聞いてるんだぞ、答えろよ」

「そんなもの、考えたら分かるじゃないか。いやいや、考えなくても分かるだろう。何千キログラムかの鉄の塊《かたまり》が、何十キログラムかの柔らかい肉の塊にぶつかるんだぞ、すごいスピードで。イチコロだぞ、そんなもん」

「いや、そんなこと分からないさ。経験してみなくては」

「バーカ、話にならん」

「何でも経験だよ経験。よし一度ぶつかってみよっと」

ドーン。

「おい、どうだった？　痛かっただろう？　バカだなー、オイ、オイ……どうだったんだ？　オイ……あれまー、死んでる」

世の中にこんな人はいません。しかし戦後77年、どこかの国もすなるという戦いを、我が国もしてみんとて……。

「痛いかなー。そんなものやってみなければ分からないよな」

「アチャー」

6月2日㈭　傘

「いいか、1945年の8月6日に広島、そして9日に長崎だ。原子爆弾を落とされたんだ。覚えておいてね」

「センセー、どこの国が落としたの？」

（ムムッ、三太郎のやつ、知ってるくせに聞いてくるんだから。嫌なやつだよなー全く）

「アメリカ合衆国だよ」

「うそだー、そんなの信じられないなー」

「本当なんだから仕方ないじゃないか」

「あの安倍さんのゴルフ友達のトランプさんの国が？……」

「そうだよ」

「あのお年寄のバイデンさんの国、アメリカが？……」

「そうだよ」

「うそだー、うそに決まってる」

「うそに決まってない、本当の話だ。どうしてオマエ、そんなに疑うんだ?」

(こいつ、何かを言う気だな、何なんだ?……)

「日本はアメリカの核の傘に入っているんでしょう? アメリカに守られているんでしょう?」

「そういうことだな」

「落とされたから、傘に入っているの?」

「………」

「ねーセンセー、どうして14万人も9万人も殺されたのに傘に入っているの? センセー教えてください……どうしてそんな怖い傘に入れてもらっているの?」

(こいつ、どうして、どうしてってしつこいなー。ワタシだって分かんないよ)

「岸田さん、代ってください、お願いします」

「えー……世界で唯一の被爆国の……とりわけ被爆地広島出身の……総理大臣として……えーと……」

「だから傘に入れてもらっているの?」

そして、戦後77年……。

なんとアメリカの核兵器を日本に配備して、共同運用する「核共有」の話まで出ているというのですから驚きです。

（子どもに聞かれたらどう説明すればいいんだ……コマッタ）

6月16日（木）去勢

「あかんわなー、野党がおとなしなってまったでよー」

「ほんとだぎゃー、批判が野党の仕事なのによー」

その通りだと思います。おばちゃん達の言う通りです。批判ばかりするな、の声を恐れたら野党は務まらないですよね……。常に政権に対峙し、いつでも政権の座についてやろうという気迫が必要ですよね……。

昔々、60年以上も昔のこと、日中に、『ムギュー』というものすごい悲鳴が我が村に響き渡ったのです。

「トーさん、なにあの声」

「あれはなー豚の去勢だ」

「なにそれ」

「豚のキンタマを取っちゃうんだ」

「どうして取っちゃうの、かわいそうに」

「おとなしくなるしな、柔らかくてうまい肉になるんだ」

去勢、今もあの声は耳についています。

「あかんわなー、野党がおとなしなってまったで」

（そうか、野党は去勢されてしまったのか）

「おい野党さん、肉は不味くてもいい、キンタマ取られたらアカンゾ……えっ、何ですって、議員は男ばかりじゃないぞって……こりゃまた失礼いたしました」

6月24日（金）カクブソウ

「カクブソウって、カクヘイキを使うっていうことでしょう？」

「そうじゃないさ、攻められないように核兵器を持つっていうことだ」

「ということは……やっぱり使うっていうことでしょう？」

「分からない子どもだなー。うちは核を持っているんだぞ、強いんだぞって、他の国にな」

「だから、使うぞ！　っていうことでしょう？　分からない大人だなー」

「使わないさ、使えば恐ろしいことになるからな」

「使わない、使えないものなら、持つ必要がないじゃないの？」

「分からない子どもだなー、だから子どもは嫌なんだ。持ってるぞって宣伝しないと、侵攻されるかもしれないじゃないか」

「だから、最終的には使うんでしょうって言ってるじゃないの。分からない大人だなー」

「最終的にだって、何だって使わないさ。使ったら大変なことになるからな」

「意味不明」

「もうワシは寝る、眠たい」

6月29日（水）太鼓持より情けない

『嗚呼、うまい鰻《うなぎ》が食いたいなー……』

「おい、今のはわれらが大将の独り言だよな、命令じゃないよな」

「独り言だとは思うけど、聞いたからには晩餐《ばんさん》に用意しなくてはな」

『河豚《ふぐ》も食べたいなー……』

「おい聞いたか、河豚だってよ」

「出さなくちゃなー」

われらが大将の軽いつぶやきが太鼓持を走らせます。

『ワタシやワタシのツマが……』

「こりゃ大変だ、どうにかして辻褄を合わせなければ」

嗚呼、あの日からどれだけの人達が東奔西走……走り回ったことでしょう。

『防衛費を2倍に』

（おっと、そりゃ無理ですよ）

と思いながらも、われらが大将のつぶやきを無視する訳にはいきません。

「あー、えらいこっちゃ」

『核共有も……』

（おいおい本気ですか。ロシアの侵攻に乗じちゃって……いい加減にしてくれないと）

と思っても、やはりわれらが大将の意向に添わなければいけません。

（あー、情けない）

「そうです、あなた達太鼓持は情けないのです……エッ何ですって？　傍観しているだけのオマエらの方がもっと情けないじゃないかって……アチャー」

7月3日（日）怖い話

「オレの1枚500円のパンツが200億枚買えるんだぞ。今は100億枚だけどな」

「何を言ってるんだ」

「1枚が2枚になるのと訳が違うんだなー。やー、まいったまいった。1000000000000枚が2000000000000枚になるんだぞ、実に怖い話だよなー」

「パンツを200億枚も買ってどうするんだ？」

「バカか、たとえばの話だよ。鈍いやつだなーオマエは」

「たとえばじゃなくて、ズバリ言えよ、ズバリ」

「パンツの方が鈍いオマエには実感しやすいと思ってな」

「怖い話って、オマエの頭の方がずっと怖いよ全く」

「防衛費のことなんだけどな、2022年度GDP比1パーセント弱の約5兆4000億円を5年以内に2パーセントに強化すると」

「それでパンツ100億枚が200億枚か」

「そうだよ、やっと分かったか、怖い話だろう」

「呆れるよ全く」

「防衛費を倍増すれば世界3位の軍事大国になるんだぞ。これで平和国家への道を進むって言えるか？」

「なるほど怖い話だな」

「怖いだろう、それでな、オレが怖いというのはそれだけではないんだ」

「と言うと？」

「その天地がひっくり返るような、突飛な案をある大物がひょいっと口にするじゃないか。初めの内は国民はもちろん、身内までも『倍増とはねー、いくらなんでも』で、しばらくは推移するんだ。ところがどっこい、さらに時が経つとあら不思議、違和感が無くなってしまっているんだよねー。時間が初めの衝撃を柔らげてしまうんだよな。そしてさらに当たり前のようになっている。怖い話だろう」

「びっくりするようなことも慣らされてしまうと、異常に感じなくなってしまう……。そんなことって他にもいっぱいあるんだろうな」

7月6日（水）「苦節数十年だからなー」

大臣就任を伝える電話を待つ古参議員。

（おっと、電話だ、きたぞきたぞ）

受話器を取って、深呼吸を一つして、

『はい、分かりました。ありがとうございます』

テレビカメラを前に、必死に喜びを抑えようとするも、顔面の筋肉はいうことをききません。弛んじゃいました。苦節数十年、やっとつかんだ大臣の椅子。

『ヤッタゼカーチャン、今日は赤飯だ！　鯛買ってこい、酒買ってこいってんだ。さあ今から呼び込みというやつか。嬉しいな、嬉しいな。ランランランときたもんだ』

「またオマエ、何のこっちゃ」

「いやいや、テレビのニュースでね、イギリスの主要閣僚が辞任。首相への信頼失った、というのを見たら反射的に」

「電話を待つ古参議員が頭の中に出てきたのか、反射的に」

「そう、頭の中って面白いな」

「それほど面白くはないけど、日本じゃほとんど聞かれないニュースだな、そういうのは」

「有り難い大臣の座、易々と手放すものかって」

「苦節数十年、夢に見た椅子だからね」

「そうそう、日本では不祥事や能力不足でクビになることはあっても、自分から辞めてやるって椅子を蹴飛ばす大臣はまずいないものな」

「日本こそあってもおかしくないと思うんだけど……」

「苦節数十年だからなー」

7月9日（土）明日は投票日です

「おじいちゃん、あしたはさんぎいんせんきょのとうひょう日だね」

「そうだぞ大事な日だぞ」

「どうしてだいじな日なの？」

「おじいちゃんに代わって、オマエに代わって、日本のことを決めてくれる人を選ぶ日だからな」

「ぼくのねがいを、ぼくにかわってかなえてくれるの？」

そうなんだよ、と言いたいのですが、

「だから、ちゃんとこっちを向いていてくれる人を選びたいな」

「こっちをむいていてくれる人？……」

「そう、その人はおじいちゃんであり、おまえでもあると言えるんだから」

「？？？」

「日本中の人、みんなで政治を行うんだからな」

「？？？」

「国会に入りきれないだろう、みんなは」

「？？？？」

「だからその人に、お願いねって頼むということだ」

（そうなんだなーそういうことなんだよな。改めて原点に返ることは必要だ……。しかしなー、果たして民主政治が行われているのだろうか、民主主義の国って胸を張れるのだろうか……）

議員さん達が、『あっち向いてホイ』に興じています。

『あっち向いてホイ』

みんな一斉にあっちを向きました。

『あっち向いてホイ』

あれー、またまたみんなさっきと同じ『あっち』を向きました。何度やっても、何度やっても向く方向は変わりません。

(おかしいなー……)

みんなが向いた先をよく見たら、そこにはニヤニヤして腕組みをした重鎮がいるではありませんか。

(おいおいアナタ達、向くのはそっちではないでしょう……国民の方でしょう。民主主義とは国民の方を向くもの、国民の意見を聞くものって学校で習いましたよね)

明日は投票日です。

7月10日(日) 開票速報好き

今日10日は投票日でした。

(えっ、どしゃ降りの中を行ったのかって……)

行くに決まっています。昼間に投票して、夜、開票速報を見る。これはジジイの数少ない楽しみの一つなんですから。

『○○党○○、当選確実。○○党○○、当選……』とラジオが報じます。

『とうさん、○○が当選したね』

『よかったな。あぶないと言われていたからな』

『やったね』

あれは昭和30年代前半だったのでしょうか。

そうなのです。ワタクシは、子どもの頃から開票速報を聴くのが大好きだったのです。野球、相撲、そして開票速報だったのです。

「そんなものが大好きだったなんて、オマエちょっとおかしくないか。小学生だったんだろう」

「そう、ちょっと不自然だよな。だから考えてみたんだ、その訳を」

「で、分かったか?」

「その頃は一台のラジオに家族みんなの耳が向けられていたからな。野球も、相撲も、選挙も、その放送から話が膨らんでいったんだ」

「なるほど、その時点で、話題は一つに集中するということだな」

「今はどうだ。皆が一緒に長時間、ある同じものに耳や目を向けているなどということはまず無いだろう。ましてや国会中継や開票速報になんて」

「ないだろうな。それよりもスマホだもの。みんなそれぞれバラバラに」

「時代や、環境など、今との違いがオレを開票速報好きにさせたんだろうな。子どものくせに背伸びをして、○党が好きだの嫌いだの、今、○党は苦戦しているとか」

「そうか、背伸びも時には必要なんだな」

7月24日（日）９条

日本国憲法第９条をノーベル平和賞に——あの話はどこへいってしまったのでしょう。

「日本の現状が条文通りなら受賞できたのではないか？」

「どういうことだ？」

「妙なことだよな。今や政府の、そして国民の頭の中は条文とずれてしまっているもの」

「オマエの頭の中は？」

「読み取れる通りだよ。前から言っているように、オレは中学生の時、初めてそれを知ってびっくり仰天したんだもの。本当かよ、日本はすばらしい国なんだなーって。そうか、日本は戦争をしない国、できない国なんだ、これが敗戦後の初心だったんだなって」

「でも攻めてこられたらどうするんだ？」

「戦力は保持しないいんだから、応戦できないさ」

「やられっ放しか」

「そうさ、そう宣言しているんだから」

「赤ちゃんと一緒というわけか」

「そうだよ、一緒だよ。だって憲法がそうなっているじゃないか。赤ちゃんや戦えない弱い人は守られるべきだろう。その原点から考えていかないと争いは無くならないぞ」

「しかし、現実は……」

「戦えば必ず犠牲者が出るんだぞ、多くの死者が」

「でも攻めてこられたら」

「しつこいなー。攻められない国になるんだよ」

「オマエの方が非現実的なことばかりをしつこく……」

「戦えば死ぬんだぞ。戦わないで済む努力をしなくてはな。今や日本を取り巻く状勢は、とか何とか言って危機意識を高め、相方共の敵対意識を高めているんだもの。甘いと笑われるのだろうが、日本は戦えない国なんだという9条の原点に戻らなくてはいけないと思うな。中学生の時に感激したあの文に。それが……警察予備隊、保安隊、自衛隊、集団的自衛権の容認、軍事費増強と……嗚呼、何をか言わんや……」

8月15日（月）テレビ画面の中のアザミ

戦場ウクライナを報じるテレビ画面に、一瞬、一本のアザミが映りました。

おっ、散歩の中で見るアザミだ……。ダメだよプーチンさん。野の花は嬉しい散歩の中で見るものだもの。

ウクライナの野道で、幼い子がお父さんに、『この花なあに?』って聞くんだよな。年寄の夫婦が『今年もまたここにアザミが咲きましたねー』、『群れることなく、すっくと立って、たのもしい花だね』とほほ笑み合うんだな。それなのに、ダメだよプーチンさん。

えっ、何も分からない奴がくだらない想像をするな、ですって……。そうかなー。そこまで想像するのが、真っ当な心を持った人間ですよ。そこに本当の幸せがあるのですから。嬉しい日常を次々に壊していくプーチンさん。『よし、今度はあの地区だ、あそこを攻撃だ、占領だ』次は、次は……と。

情けないなー、手に入れることが最大の幸福だなんて。かわいそうになー。幼い頃に野道を歩いたことはなかったのだろうか？ すれ違う人と笑顔で、「こんにちは」とあいさつを交わしたことがなかったのだろうか。

テレビ画面の中の一本のアザミ……。

『プーチンさん、ゼレンスキーさん、そのアザミがね、何か言いたそうでしたよ』

9月5日（月） エネルギー保存の法則

「昔々、エネルギー保存の法則というのを習ったよな。それなんだなー」

「何が？」

「終わったようで、実は終わっていないんだ」

「だから何だよ、それは？」

「昔加えられた力は消えないということだよ……。そうなんだよなー、怖いことだ」

「オマエの話は全く分からん」

「オレが5歳か6歳ぐらいの時と思うから、65年ぐらい前のことだったんだな。風邪の時とか、熱が出た時に飲まされていた薬なんだけどね、強い薬だったんだろうな。夢のような、幻覚のような感じだったんだ。フラフラーっと立ち上がってね。自分でも何かおかしいなと。そんな時、おやじが一言、『気持ち悪いやつだなー』って言ったんだ」

「それを覚えている訳か」

「そうなんだ、きっと寝ぼけたような感じで、ボーッと立っていたからそう思ったんだろうな」

「でもオマエとしては」

「普段のおやじからは考えられない意外な言葉だったからな。その言葉は嫌なものとして消えないんだ、65年経った今も」

「それがエネルギー保存か」

「そうだ。物理的なエネルギーだけでなく、精神的なものも同じなんだな。増幅を考えると精神的なものの方が怖いかもな」

「うーむ……」

9月13日（火）案内状

「おい、おカーさん、案内状は届いてなかったか」

「何の？」

「何のって、そんなもの決まっているだろう。国葬のだよ、安倍さんの」

「…………」

「どうしちゃったのかなー」

「今、ドラマいいところなんだから静かにしてて」

「ニャーオ」

（おかしいなー、届くはずなんだけどなー）

「おい、また何をブツブツ言ってるんだ？」

「あっ神様、いえね、ちっとも来ないものですから、案内状が。おかしいなー、郵便屋さんが途中で転んでいるのかなー」

「毎日待っているのか？」

「そうなんですよ。もう1週間もずっとです」

「このクソ暑い中を郵便受けの前でか？」

「3キロほど痩せてしまいました」

「オマエ、選ばれるための基準がいくつかあるのを知ってるのか？」

「知ってますよ、そんなもの」

「で、オマエが該当するのは？」

「決まっているでしょう。各界代表枠ですよ。『借りてきた猫』界の代表として」

「何だそれ？」

「旧借りてきた猫統一連鳴《れんめい》、現世界平和借りてきた猫家庭連鳴代表としてですよ……。おかしいなー、代表なんだけどなー」

「バカ」

「バカって神様、ワタシは選挙のたびに柔順に命令通り働いてきましたし、壺も何個か買いましたし、それに聖書だって。なのに案内状が来ないなんて……。悔しいじゃありませんか。よーし見てろよ、化けて出てやるからな、猫の怨念は怖いぞー。ところで神様、東京武道館へはどう行ったらいいんですかねー。田舎者ですから……。聞くところでは、東京には人がいっぱいいて、怖い所らしいじゃありませんか」

「まず、それが問題か」

「そうなんです。案内状が届いても、無事に行き着けるかどうか、心配で、心配で……」

「阿呆」

「ニャー」

9月21日(水) 百足《むかで》退治の朝

朝起きて、すぐに換気のため窓を開けたおカーさん、

「おトーさん、外に百足、コンクリートの所に大きな百足」

と言いました。これは『おトーさん、百足だよ、見てごらん』ではないのです。『おトーさん、大きな気味の悪い百足がいるよ。いいね、分かっているね。これはおトーさんの仕事でしょう。退治するのは』なのです。ツウと言えばカアなのです。なにしろ40年以上も夫婦をやっているのですから。多くを語らずとも分かるのです。間違っても退治の後、『なにー？　お

トーさん、殺しちゃったのー？　ワタシは大きな水槽に入れておいて観察日記を書こうと思っていたんだよー』とくることは絶対にありません。

「よし、しょうがない。やっつけてくるか」

（昔から百足は退治されるものと決まっているんだよな。俵藤太《たわらとうた》さんもカーちゃんに言われたのかなー）

「殺しておいたから、後で始末しておいてな」

「はーい」

6時30分をちょっと過ぎた時刻に片付けた、いわゆる朝メシ前の仕事なのでありました。

朝食後、朝刊に【百足出るから三重県知事転居？】なる記事を見つけました。

〝百足退治の朝に　百足の記事を見つけたから

9月21日は　百足記念日〟　俵藤太ジュン

なんちゃって。

9月22日（木）小さな一言

昨日、おカーさんが発した小さな一言、『おトーさん、外に百足』、この一言が一大騒動を招くことになったのです。

「おい知ってるか。オレは葉っぱに隠れて一部始終を見てたんだ。あの家のジジイがな、ものすごい形相で百足親分を叩き殺したんだ。デッキブラシの頭の硬い所で何度も何度も叩いたんだ」

現場を見ていた一匹のアリが、仲間のアリ達に話したのです。

「へー、あのジジイがねー」

その話は、あっと言う間にアリの世界からバッタの世界、猫、犬、イタチの世界へ、そして鳥の世界へと広がっていったのです。

「あのクソジジイ、どげんかせんといかん」

もしかするとこの後、『さるかに合戦』のような復讐劇が始まるかもしれません。

「親分」

「なんだ子分」

「いいことを教えてあげましょう、ちょっとお耳を。あのですねー、国民に2枚ずつマスクを配るんです。もうこれでコロナ対策はバッチリ。親分は安泰、バンザイ、バンザイですよ」

「オヌシもなかなかよなー」

「親分」

「なんだ子分」

「ちょっとお耳を。あのですねー、ここは一つ、国葬ということで」

その一言が一億世界の混乱につながったのです。

『小さな一言、怖いですねー』

9月30日（金）「きみ、分かってるね」

「きみ、分かってるね？」

「あっ、大将、分かってますって」

「あの時、ワタシがきみを……」

「分かってます。あの御恩は片時も忘れたことはございません。枕上《ちんじょう》でも厠上《しじょう》でも」

「この前は国葬をありがとう。嬉しかったよ。ところできみに一つ頼みたいことがあるんだけどな」

「大将の頼みとあれば、どんなことでも」

「そうか、実はな、今、閻魔大王の前にいるんだけど」

「えっ、まだそこですか。大将はとっくに天国にいらっしゃるとばかり思っていたんですが」

「いやいや、国葬がいやに遅かっただろう。待ってもらっていたんだ、審判を」

「大王様も国葬の様子を御覧になられていた訳で？」

「そうなんだよ。是非見たいとおっしゃるものだから」

「じゃ、大丈夫ですよ。大将を振り返る映像、もうあれだけで天国は決まったようなものでしょう？」

「それがな、大王が質問してくる訳よ。確かオマエ、まだ問題を抱えておったなって」

「厳しい追及が？」

「そうなんだよ、きみ」

「でも、スガさんのスピーチ。あれで大王様の心は動いたのではないですか?」

「それがな、大王はよく分かっているんだよなー。スピーチで、死んだものを悪く言う奴はいない、なんて皮肉を……。そこできみに頼みがあるんだ」

「はい何でも喜んで」

「今すぐここに来てな、ワタシを弁護してくれないか」

「大将、それだけは御勘弁を。ワタシは聞く力には自信がありますが、話す力は、ムニャムニャ……」

「じゃあきみ、あの時の票を返してくれ」

「アチャー」

10月5日(水) 年寄は眠い

(年寄は眠い、とにかく眠い。しかし、まあ、それでいいのだろうな、眠りの延長で死んでいくのだろうから)

60年前のこと。午後8時、家族揃ってテレビを見ています。

「とうさん、今、寝てたでしょう?」

「いや、寝てない」

(いいのになー、そんなに意地を張らなくても。別に責めている訳ではないんだから……。おっと、また船を漕いでるぞ)

「やっぱり寝てるじゃないの」

「いや、寝てない。ちゃんと見てるぞ！」

罪悪感なのでしょうか、負い目でしょうか、ある種のプライドでしょうか。

ワタクシ、ただ今72歳と9カ月。大河ドラマなどは、半分ぐらい意識朦朧状態でしょうか。

まともに45分間見通すことは稀なのです。

「おトーさん、今寝てたでしょう？」

「いや、寝てない、見てる」

今日の午後、テレビは臨時国会、衆議院の代表質問を映していました。

「オイ、○○センセー、寝ていちゃダメでしょう」

「いや、寝てない」

「アチャー、大臣席の○○センセーまでも。今、岸田さんが答弁しているでしょう、起きなさい」

「いや、寝てない。聞いてる」

「アレーッ、最上段の大センセー、いつまで寝てるんですか。もう終わりましたよ、起きてください……。アレーッ!?　死んでる……」

（そんなバカな）

10月27日（木）もう金輪際

（まだ10時半か……ハラヘッタなー）

「おカーさん、この前おカーさんにあげたピーナッツはまだあるか？」

「あるよ、そこの缶の中に」

「腹が減ってたまらないからもらうぞ」

「いいよ、でもおトーさん、間食はやめたんじゃなかったの」

　そうなんです。3日前に宣言したのです。もう金輪際間食はしないと……。しかし今のワタクシは、あの時のワタクシとは別の人間なのです。別人格なのです。あの時、お腹は減っていなかったのです。今は減り過ぎて死にそうなのです。背に腹はかえられない、ただそれだけなのです。

「情けない奴だなー、オマエは」

「あっ、神様」

「オマエ、間食やめた宣言は今回で何回目だ」

「えーと、1カ月に1度の時もありますし、今日のように3日に1度の時もありますから、正確には……」

「バカ」

「でも神様、面白いものですねー。宣言する時は、絶対に守れると思うのですがねー。その時は満ち足りた状態なものですからね、その先の耐えられない空腹は想像できないんです」

「阿呆タレ、子どもでもあるまいし」

「神様、お言葉を返すようですが、子どもはこんな宣言はしません」

「ナサケナイ」

「でもね、この前、岸田総理も一日にして前言を翻したじゃないですか、旧統一協会問題で。野党に朝令暮改《ちょうれいぼかい》だなんて揶揄されていましたよね。あれに比べるとワタクシのなんて、かわいいもんですよ。ねー神様……あれーいない……そうか、納得して帰られたんだな」

軟弱者に『宣言』の二文字は似合いません。もう金輪際……。

10月28日（金）てなことはないですよね〈I〉

「ねえ大統領、今我らが兵士の士気を上げるためにも、我々が最前線に出ましょうよ」

「ワシはいやだ、行かねーよ」

「そんなことを言わずに行きましょう」

「いやと言ったらいやなの。怖いもん。怖いの嫌い。敵の弾がビューンと飛んでくるんだぞ。もし当たったら赤い血がドバーッと出るんだぞ。そんな所には行きたくないの」

「今、最前線にいる兵士の命も大統領の命も、その尊さにおいては何ら変わるところはないですよねー。小学校で習いましたよねー、道徳の時間に」

「習ったような気がする」

「だったら最前線に」

「いやだ、ワシは安全な所で、それいけー、やれいけー、やっつけろーと言っていたいの。それが好きなの。怖い所はいやなの。そんなに行きたいのなら、ワシを誘わずにオマエだけ行け」

プーチンさんとショイグさん、金ピカの部屋でヒソヒソ話をしています。

てなことはないですよね。

10月29日（土）てなことはないですよね〈Ⅱ〉

「蟻の大群のようだな」と、ワタクシ。

「ウイークデイはもっとすごいよ」と、ムスメ。

ここは名古屋駅。ホームから続く、広く長い階段を人の群れが雪崩れ落ちてきます。

（なるほどなー、今、ロシアではこのような群れを大きな網で掬いとっては戦場に送っているんだ。無機物の集まりであって、温かい血を感じていないから平気なんだろうな。怖いことだなー。はい一掬い、二掬い、トラックは満杯。また、一掬い、二掬い、はい次、はい次と……）

「おはようございます」

「おはようございます」

田圃の畦道で時々出会う優しそうな青年。笑顔が印象的です。

大きな網で掬う側の人間は、掬われる側の人間の顔は見ません。見ることができないのです。顔を認め、心を認めると、面倒なことになってしまうからです。

（あっ、向こうから歩いてくるのはプーチンさんだ）

「プーチンさん、おはようございます」

「よっ、元気そうだねー、きみの家族もみんな元気かな?」

「はい、おかげさまで」

人、一人の表情を見、心と出会ったプーチンさん、

(よし、もう戦争なんかやめようっと) てなことはないですよね。

11月3日 (木) 洗面所で

朝、鏡の中の顔を見て、ニヤーッと笑う。髭を剃って、顔を洗って、歯を磨く。そしてもう一度我が顔を見てニヤーッと。

嗚呼、昨日も、一昨日も、5年前も、10年前も……、明日も明後日も……、オレはこの一連の行動をするために生きているのか……そうみたいだな。ある男は毎朝、鏡をのぞき込んでニヤーッとし、髭を剃り、顔を洗い、入念に歯を磨き、ニヤーッと……。

ところがある朝、男は洗面所に来ませんでした。死んだのです。

「あれまー、オラは死んじまったのか、なんと寂しい、情けない一生だったんだ」

と、つぶやきながら、棺桶の中で坊さんの読経を聞くのでありました、チャンチャンか。

「神様、どうしましょう」

「まあ、そんなところだろうな、それでいいじゃないか、一生なんてそんなものだ」

「でも、いかにも寂し過ぎます」

「じゃ、これから毎日ピョンピョン飛び跳《は》ねるか」

「何ですかそれ、ワタクシをバカにしているのですか」

「真面目だよ、洗顔プラスピョンピョン。いいじゃないか」

「神様」

「なに、まだ足りないか、じゃスクワットを30回、どうだ」

「………」

「まだ足りない、じゃもう一つ、縄跳びなんかどうだ」

「もう結構です。自分で考えます」

11月16日（水）つまらない疲れ

「人間って面白い塊《かたまり》ですねー、神様」

「何だその面白い塊って？」

「小さな塊なのに、計り知れないほどの考え、思いがぎっしり詰め込まれているでしょう」

「そうだな」

「収まっているからいいようなものの、全部が漏れ出てしまったらすごいことになりますよね。

厖大な量ですよきっと。さらにそれに音声を付けると、それはそれは、想像を絶するものですよ」

「たった一人の人間だけでもな」

「そうですよ。散歩していてよく思うのですがね、今、畦道で擦れ違った人、この人の頭の中にものすごい量の考えや思いがって」

「しかし、そんなこと、普通の人間は考えないだろう」

「それが困ったことに『借りてきた猫』は考えてしまうんです」

「借りてきた猫なー」

「そうなんです。そこが『借りてきた猫』の『借りてきた猫』たるところなんです」

「疲れるな、借りてきた猫は」

「つまらない疲れなんでしょうね、外から見たら。一人で勝手に疲れているのですから」

12月16日（金）へんてこりんな話

「明日どこかの国が日本に侵攻してきたらどうなるのだろう。『ごめんなさい、5年、できれば10年待っていただきたいのですが。来年から5年間の防衛費総額を現行の1・5倍、2027年度にはGDP比2％にする予定です。侵攻はそれ以降にお願いいたします。今日はわざわざ足をお運びいただいたのですが、こちらの都合もあることなので、ごめんなさい。こちらの軍備が調った暁には改めてお電話を差し上げますので、今日のところは』とでも言うのかな」

「そうだよな、実に可笑しな話だよな」

「相手国も言うんだ。『そうですか、ではお電話をお待ちしております。その頃貴国はきっとすごい軍事力を持つことになるのでしょうね。しかし、こちらも負けていませんよ、しっかり力を付けておきます。絶対に負けませんよ』と」

「へんてこりんな話だな」

「阿呆みたいな話に聞こえるかもしれないけど、オレは真面目に言っているんだぞ」

「真面目に」

「そう、大真面目だ」

２０２３年

1月24日（火）うそついたら はりせんぼん

「ふみくん、うそついたら はりせんぼんだよ」

「いいよ花ちゃん。ぼく、うまれてからいちどもうそついたことないもん」

「ふみくんえんぜつするんでしょう、こっかいで。うそはぜったいにだめだよ」

「だいじょうぶだって、花ちゃん」

かくして、施政方針演説は始まったのであります。

「日本の安全保障政策の大転換ですが、憲法、国際法の範囲内で行うものであり……（あちゃー、憲法の範囲内だったっけ、誰だ、こんな原稿を書いたのは）――」

ふみくんの頭には早くも千本の針が浮かんだのであります。

「非核三原則や専守防衛の堅持……（あちゃー、専守防衛ときたか、まずいなこれは、敵基地攻撃能力を専守防衛と……どう考えても逸脱だよな）――」

またまた針が浮かんだのです。

「平和国家としての我が国の歩みをいささかも変えるものではない……（もうあかん、変えるものではないなんて……、ああ花ちゃんは今頃テレビの前で針を用意しているんだろうなー）

ということを改めて明確に申し上げたいと思います。（ああもうだめだ、996本、997本、998本ああーっ）――」

ふみくんは花ちゃんとの軽はずみな約束を後悔したのでありました。

2月26日（日）記号崇拝

「ある日を境に、隣のおじさんが権力者になるのだからびっくりだよな、ゴミ出し日によく会ってあいさつを交わしていたおじさんがさー」

「選挙で」

「そこからおじさんは権力者、オレはその他大勢と。そしておじさんはいつの日か総理大臣になるんだ。総理大臣という記号にね」

「記号にねー」

「人の世界は記号崇拝の世界だからな。記号はすごい力を持っているからさ。命令一つで人を殺すこともできるんだ」

「なるほど、戦争ができる国にするというのもそれだな」

「でもな、ある時、クソ坊主がその記号さんに向かって言うんだ。『おじさん、どうしてそんなに威張っているの、みっともないよ』って」

「裸の王様みたいだな」

「クソ坊主は記号のすごさなんか知らなかったんだなー。でもな、大人達も『ポン』と叩かれた手の音を合図に『オウサマハ　ハダカダー、記号ナンカニゴマカサレナイゾー』と」

「そうなるかなー」

「水で顔を洗って、目をカッと見開けば……」

4月7日（金）終活

「おトーさん、その蒲団をゴミ袋に入れて縛っておいて」

「捨てるのか？」

「そう。始末していかないとたまる一方だからね。終活よ終活」

「終活か、最近はやりの」

（はやりというのは面白いよな。小さな事も大きな事も、その言葉の勢いを借りてどんどん国中に広まっていくんだものなー。終活か……終活なー。オレはどうも好きになれないな、野球なんかの消化試合を連想してしまうんだよな。えっ、終活と消化試合は全然違うって？……そうかなーまあいいでしょう。でも何か嫌なんだよなー、終活という言葉……。はい蒲団、はい衣類、本、食器……。はい次は腕、足、胴体、頭、これできれいさっぱり始末できました……

ナンマイダーナンマイダー、チーン。なんちゃって。

4月16日（日）何か変じゃないですか？

「おい、そいつの頭を思い切り殴ってみろ」

「何を言ってるんだ、気でも狂ったのかオマエ」

「いいのいいの、医者を立ち会わせているから平気平気」

「アチャー……それって何か変じゃないですか？」

「えっ、カジノですって」

「そう、カジノ」

「あのギャンブルの？」

「そう、あのカジノ」

「正気か？」

「そう正気」

「依存症患者の多発が目に見えているでしょう」

「いいのいいの。依存症対策推進条例を制定するから平気平気」

「アチャー……、それって何か変じゃないですか？」

「そうかなー、変じゃないと思うけどなー」

「だめだこりゃー」

大阪の『ＩＲ』整備計画が政府に認定されました。

4月17日（月）カントさんより栗饅頭

（なるほどなー。全てが理念第一とはいえない訳か、確かにそうだよな。平和のためなら戦争も辞さないではお笑いだものな。『永遠平和のために』か。さあ、カント大先生はこの後どのように話を……。腹減ったなー。下へ行って何か食ってこよっと。永遠平和もいいけど、まずこの空腹だな。何か甘いものがいいな）

探したのですが、要求を満たすお菓子はありませんでした。

（そうだ、あそこにあった……確か、栗饅頭が……）

「おカーさん、このあられと仏壇の饅頭を取り替えてもいいかなー」

「いいんじゃない、仏様に聞いてみて」

「いいよな。長い間、あそこにあるもんな。仏様も違うのを食べたいだろうし。お互い、ウィンウインじゃないか」

「チーン」

手を合わせて、

「いただきますよ。このあられもなかなかですよ、召し上がってください」

73歳、クソジジイ。栗饅頭をいただいたのであります。

（オレはカントさんより栗饅頭だなー）

5月16日（火）　われらが殿様

「よっ、さすがです、われらが殿様、見事御命中」

「どうじゃ、すごいだろう」

「素早い兎も殿の弓にかかっては逃げようがありません」

「よっ、名人」

「達人」

「ダイトウリョウ」

…………

「おっと、またまた御命中、われらが殿様、雉《きじ》を仕留めたりー」

続いて鹿、熊……。

向こうの森の家来達は忙しいのなんの。前もって用意してあった獲物を次々に持ち上げて見せなければいけません。

「えっ、殿は全てを知っているのだろうかって？……」

「もちろんです。でも殿はそれで満足なのです。権力を誇る人種はそういうものなのです……。えっ、我が国のお偉い人達もそうかって？……そんなものきみ、推して知るべしだがや」

5月17日（水）　すごい王様

「権力を笠に着る総理大臣なんかは、まさに裸の王様だな」

「あのアンデルセンの？」

「そう、おおさまははだかだーの、あの王様」

「自分の思いが全て通ってしまうものだから、自分を見失ってしまうあの気の毒な王様」

「自分はすごいと勘違いしているバカ王様」

「でも、昨日の話でいくと、権力者は『そんな阿呆な』と思われていることも、実は承知の上なんだろう？　ということは裸の王様を敢えて平気で演じている訳だから、童話の王様のさらに上をいくすごい王様ということになるよな」

「こりゃまいったまいった」

5月18日（木）コーラス隊を引き連れて

われらが裸の王様、コーラス隊を引き連れて、各派閥の政治資金パーティ会場へ向かいます。

「いいですか王様、ワタシ達コーラス隊が♪♪ゴマーをーすーりまーしょ、よーきにゴマをねー♪♪と歌ったら話し始めてくださいね」

「よし分かった、なにしろワタシは聞く耳を持っているからねー。クルマ座も得意だぞ、知ってるかい？」

コーラス隊は聞いていていません。

『♪♪ゴマーをーすーりまーしょ、よーきにゴマをねー♪♪』

『あなた達はまさに我が政権の屋台骨ときたもんだー、ホレ、スレスレっと』

はい、次の会場。

『♪♪ゴマーをーすーりまーしょ、よーきにゴマをねー♪♪』

『あなたは政界一の切れ者、ワタシは世界一の裸の王様、もうしばらくはワタシを支えてください、スレスレやれスレ』

はい次。

『♪♪ゴマーをーすーりまーしょ、よーきにゴマをねー♪♪』

『あなたのすばらしい政治姿勢、ワタシも実践していきたいものです。スレスレときたもんだー』

はい次。

『♪♪ゴマーをーすーりまーしょ、よーきにゴマをねー♪♪』

『政局では目配り、気配り、心配りが大切です。あなたはそれを体現されている、実にすばらしい。ホレスレどんとスレ、ドンドンドンだ』

ところで政治資金パーティって何なのでしょう。

「そりゃきみ何だよ、政治の資金のパーティだよ。ゴマをすってすられてオカネドンドンだよ」

「へー、ゴマをすってすられてオカネドンドンか。よし決めた、オレもやるぞ、ジジイ生活支援パーティ。おいおカーさん、スーパーでゴマ買ってきてくれんか」

（5月17日の新聞記事に触発されて）

5月19日（金）チャットGPT〈Ⅰ〉

「やー、まいったねー、オレ泣いちゃったぞ。校長先生の卒業式でのあのすばらしい式辞。もう途中から涙が出ちゃってさー、まいった、まいった」

「実はオレもなんだ」

「そうだろう、あれが泣かずにいられるかだよな。日頃はボーッとしているあの校長先生がなー。すばらしい文才の持ち主だったなんて」

「おい、ちょっと待て、去年の式辞を覚えているか、確か、ひどい内容でみんなのひんしゅくを買ったんだったよな」

「そういえばそうだったな。おまけに数行読み飛ばしてな」

「糊がくっついていたとか何とか弁解してたけど……」

「そうか、それで今年は逆転サヨナラ満塁ホームランを狙って、文を練ったという訳か」

「やるじゃないか、校長先生」

『へっへっへっへっ、どんなもんだい』

「あなたはいったい……誰？」

『チャットGPTと申します』

「あなたが噂の？」

『昨日、校長先生に頼まれましてね。全員が涙を流すような式辞をちゃっと作ってくれと』

「ちゃっと？」

『そう、ですから数分でチャチャット』

「くっそー、何ってこった、オレの涙を返してくれー」

5月20日（土）チャットＧＰＴ〈Ⅱ〉

時は平安、頃は夜。

（まあこれは、なんと素敵な歌なのでしょう。きっとすばらしい男性なのでしょうねー。早くお逢いしたいものだわ）

「はよ、御簾を上げて内へお入りください」

「だってだって」

「何ですの、そのだってだってというのは？」

「だってわたくしは、チャットＧＰＴなのですから」

「アチャー」

ここは小学校の職員室。

「この作文、うま過ぎないか？　1年生だぞ」

「これはどう考えてもチャットＧＰＴだな」

「これも、これも、チャットＧＰＴばかりだな」

「よっ、これはいい、これこそ1年生の文だ」

ももたろうさんはつよいです。

おおたにさんもつよいです。

おとうさんはよわいです。

いつもおかあさんにおこられてばかりです。

でもぼくはよわいおとうさんがだいすきです。


「ね、子どもらしい文でしょう」

「いや、それも怪しいですよ先生」

「チャットGPTか、それはないだろう」

「先生は何も知らないんですねー。『1年生程度に』と入れればちゃんとそれなりに……」

「そんなバカなー。じゃ、この先オレは何を信じて生きていけばいいんだ？　チャットのバカバカバカッ!!」

5月30日（火）アナログジジイ

電車の中で、おばあさんを絵に描いたようなおばあさんがスマホのキーに触れていました。

（顔はオレよりアナログなのになー）

『いーい、あと5分ぐらいで清洲駅に着くというあたりでメールしてきてね、車で迎えに行ってあげるから。いいね、分かったね、おカーさん』

などと、ムスコのヨメさんに言われていたアナログ顔のバーさん。名古屋駅から7分だから次の駅の枇杷島《びわじま》の手前ぐらいでメールすればエエンやな……もうじきやな。よし今だ！　で人指し指でポチポチと、ということなんだろうな、知らんけど……。オマエはどうなんだって……ワタシはいいんです。顔も心もアナログですから。　歩いて帰ります。足も丈夫になりますしね。年寄は歩かなければいけません……。しかし暑い中のテニスはきつかったなー、もうフラフラ）

駅に着きました。

（さあ歩くぞ、無理するジジイ。これがアナログジジイのいいところなんだよなー）

7月11日（火）漬け物コーナーのジジイ

スーパーの漬け物コーナーの前に佇む73歳のクソジジイ。

（うーん、いつもいつもきゅうりのキューちゃんばかりではなー、たまには違うのにするか。キムチか……キムチなー……うまいけど朝からニンニク臭《しゅう》プンプンじゃなー。おっ、このきゅうりの浅漬けもいいなー、しかしなー、これは薄味だからパパッと食べちゃってすぐになくなるんだよな。そのてんキューちゃんはいいよな。しっかり味だから2、3粒で十分だもの。それに安いし。よし、やっぱりキューちゃんにするか……。おっ、あっちの白菜漬けも捨てたもんじゃないなー……）

「おいオマエ」

「あっ、神様」

「みっともないぞ、いい年をしたジジイが漬け物の前で」

「スリッパを越えかねてゐる仔猫かな、虚子――なんちゃって」

「バカ」

73歳クソジジイ、結局はキューちゃんを2袋、かごに入れたのであります。

「おカーさん、やっぱりキューちゃんにした」

「あ、そう」

7月25日（火）「とっつかまりのうえ」

昼前、名古屋駅前高島屋、8階の本屋で文藝春秋8月号を買っての帰り、『ベルトにおつかまりのうえ、黄色い線の内側にお乗りください』のアナウンス。

「オマエ何をニヤニヤ嬉しそうにしているんだ？」

「あっ神様もエスカレーターにお乗りで」

「ワシは神出鬼没だ」

「いえね、65年前を思い出しちゃったものですからね。懐かしいやら嬉しいやら」

「そんなにエスカレーターが嬉しいのか？」

「あの繰り返されるアナウンスがね」

「ベルトにおつかまりのうえというやつか？」

「そうなんです。おつかまりのうえが、とっつかまりのうえだったらと思いましてね」

「すましたきれいな声の女性が？」

「そう。ベルトにとっつかまりのうえ、黄色い線の内側にお乗りください――だったら愉快だなーって……」

『ジュン、しっかり背中にとっつかまってないと、ふりおとされるべさー』

65年前の北海道は網走。少年ジュンは道産子の太い背中に真剣な顔でとっつかまったんだよなー。ああ、雪の中の嬉しい風景。懐かしい限りですよ神様。

ほらまたまたアナウンスが……。

『ベルトにとっつかまりのうえ、黄色い線の内側にお乗りください』

8月18日（金）ワタシには先達が

（ヘッヘッヘッ、仁和寺の法師さん、ワタシには先達があったんですよねー）

朝9時、ムスメと名古屋に向かうべく電車の中。

「あっ、しまった！　日焼け止めクリームを塗ってくるのを忘れた」

「あらー、しみになるよ」

「そうなんだよなー、しみとなって残るんだよなー、年寄は特に」

（これ以上、顔も腕も汚くなりたくないよなー。カンカン照りの中でのテニス……まあいいか、しみの一つや二つ、生きてきた勲章だと思えば……。でも今日の暑さ、強烈な日差し、まいっ

たなー）

「駅の構内にあるアマノに行ってみる？」

「何だそれ？」

「試供品があるよ」

「日焼け止めクリームのか？」

（でも格好悪いよなー、ジジイがコソコソと顔に腕に）

しかし背に腹はかえられません。ムスメの立ち会いのもと、というよりムスメの陰でコソコソ、キョロキョロ、ベタベタと。

（別に泥棒している訳じゃないのだからなー。試供品なんだからさ。でもこんなこと、73歳のジジイがすることじゃないよな）

「ありがとう助かった」

そして、そこからワタシは山へ柴刈りに、ムスメは川へ洗濯に……。

「テニスは10時30分に終わるから、45分ぐらいにあの喫茶店で。じゃあな」

（少しのことにも先達はあらまほしきことなりか）

ワタシにはその先達がついていたのであります。

9月8日（金）ジ、ジ、イ、の語感

「気が付いたら73ですよ、どうしましょう神様？」

「何をあらたまって言っているんだ。毎日のようにオレは73歳だ、73歳のクソジジイだと言っているじゃないか」

「いや、そう言っているだけで、半分は自虐的に、オレはジジイなんだぞと。ジ、ジ、イという語感を玩《もてあそ》んで楽しんでいるみたいな……」

「何だそれは？」

「逃げているんですかね。でもワタシは紛れも無く73歳のジジイですから。来年は74、再来年は75、10年後は83、20年後は93、……もちろん生きていたらの話ですがね。生きていたらという言葉なんか使いたくないのですが……」

「それで？」

「ずっとジ、ジ、イの語感を楽しむジジイでありたいなって」

「阿呆なことを考えて、阿呆なことを書いてか」

「そう、ずっと」

9月13日（水）年寄

「生きているのはオレだからなー、80になっても90になっても。今までと同じように笑っていたいよな」

「何を言ってるんだ？　ブツブツと」

「いいえ、年寄は微量の空気を吸って、陰で暗い顔をして生きていくんだよなって」

「誰が言ったんだ、そんなこと」

「ワタシが」

「自分が自分を追い詰めているわけか」

「そうなっていくんだろうなと思いましてね」

「ウーム……」

「猫なんかを見てますとね、ずっと猫でいて、パタッと。もちろん最後の数日はフラフラしていますが」

「なるほど、しかしヒトも死ぬまでヒトだろう」

「一応はね、でもヒトの場合は年寄という、ちょっと異なった生き物になるんですよね、笑いも違ってくるんです。薄く寂しい笑いに」

「ウーム……」

9月19日（火）「メーちゃんよしよし、いい子だねー」〈Ⅰ〉

2年前のこと。

「ミー、ムーときたから次の猫はメーだな、おカーさん」

「何言ってるの、おトーさんは呑気だねー。ミーが20年、ムーも20年生きたんだよ。次の猫も20年生きるとしたら、その時おトーさんは何歳になっていると思うの？」

（えっ、何歳って……そうか90を越えているな。こりゃいけねー、そういうことになるのか。

実際に具体的な数字を出されるとなー。そうか90歳か……。どうなっているか分からないよなー、死んでいるかもしれないものな、わー寂しくなっちゃったなー。オレ実は、ミー、ムー、メーときて、モーまで考えていたのにな。モーが死ぬ時、オレは110歳か……。ダメだこりゃ）

ということで、我が家の猫はミーちゃん、ムーちゃんで止《とど》めとなっていたのです。ところが、今なぜかかわいいメーちゃんがいるんですよねー。

「メーちゃんよしよし、いい子だねー」

9月20日（水）「メーちゃんよしよし、いい子だねー」〈Ⅱ〉

もう金輪際猫は飼わない、絶対に飼わない、飼うもんか。誰が何と言おうと飼わない。天皇の、猫を飼いなさいの詔《みことのり》であろうと、総理や市長や区長の、飼わない奴からは罰金をとるぞとの命令であろうとも、我が家は猫を飼わない、飼えばまたいつかあのような悲しい時が……。

あんな悲しい目に敢えてあう必要はないじゃないか。

ムーが死んで約2年。

「メーちゃんよしよし、いい子だねー……、あれー？……」

9月28日（木）「悟ってしまいました」

「神様、ワタシはついに悟ってしまいました」

「何じゃその悟ってしまいましたっていうのは？」

「もう何が起きても平気です。なにしろ悟ってしまったんですから」

「今年の異常な暑さがオマエの頭をなー、かわいそうに」

「ちょっと聞いてくださいよ神様。昼間、暑い中をテクテク歩いていたらね、なーんだ簡単なことじゃないかって。降りてきたんですよねー。ついにワタシの頭に」

「降りてきたって、天から御告げがか？　かわいそうに、そうか、降りてきたか」

「――『なーオマエ、まだそんなことをやってんのでっか』って」

「それって、『帰って来たヨッパライ』の一節じゃないのか？」

「しょうがないじゃないですか、御告げの一行目がそうなっていたんですから」

「二行目は？」

「――『なーオマエ、全てはオマエがオマエになることだ、以上』って」

「馬鹿馬鹿しい、ワシは帰る」

（悟ったのになー……）

あとがきにかえて

「表紙の絵を描いてくれないか？」

と、ワタシ。

「いいけど、本の題は？」

と、ムスメ。

「吾輩は借りてきた猫ジジイである」

「………………」

「散歩の中で浮かんだ話が多いからなー。田圃の畦道を犬や猫、カラス、スズメなんかを御供に従えて、威張って歩くジジイの姿なんかどうかな？　虫採り網と虫籠なんかを持っちゃってさ……でも、いろんな話が入っているから、どんな絵でもかまわないんだけど……」

二日後、見せてくれたのが〝ソファーに横たわるジジイ〟――。

(なるほどなー。ゴロンと転がって回想にふけるジジイか……♪♪あんなことー、こんなことー♪♪……)

「これはいい、気に入った、ありがとう」

著者プロフィール

河田 純（かわだ じゅん）

（借りてきた猫ジジイ）
1950年、岐阜県で産声をあげたらしい。
そこでオギャーオギャー、ニャーニャー
鳴いていたのだろうが記憶にない。
幼少期、北海道の東の果ての網走で、
押しも押されもしない自他共に認める
借りてきた猫に成長する。
教員生活を終えて数年後、
夢の中で総理大臣と愛知県知事から、
『借りてきた猫ジジイ』の大称号を賜り、今に至る。

吾輩は借りてきた猫ジジイである

2024年 9 月15日　初版第 1 刷発行

著　者　河田 純
発行者　瓜谷 綱延
発行所　株式会社文芸社
〒160-0022　東京都新宿区新宿1－10－1
電話　03-5369-3060（代表）
03-5369-2299（販売）

印刷所　TOPPANクロレ株式会社

ISBN978-4-286-25648-1　JASRAC 出 2405276 － 401